Gotthold Bötticher

Der arme Heinrich

Gotthold Bötticher

Der arme Heinrich

ISBN/EAN: 9783743657182

Hergestellt in Europa, USA, Kanada, Australien, Japan

Cover: Foto ©Andreas Hilbeck / pixelio.de

Weitere Bücher finden Sie auf **www.hansebooks.com**

Denkmäler

der

Älteren deutschen Litteratur

für den litteraturgeschichtlichen Unterricht
an höheren Lehranstalten

im Sinne der amtlichen Bestimmungen vom 31. März 1882

herausgegeben

von

Dr. Gotthold Bötticher, und **Dr. Karl Kinzel,**
Oberlehrer am Lessing-Gymnasium   Ord. Lehrer am Grauen Kloster
zu Berlin.

II.
Die höfische Dichtung des Mittelalters.
2. Der arme Heinrich und Meier Helmbrecht.

Halle a. S.,
Verlag der Buchhandlung des Waisenhauses.
1891.

Der arme Heinrich

nebst dem Inhalte des „Erec" und „Iwein"

von

Hartmann von Aue

und

Meier Helmbrecht

von

Wernher dem Gärtner

übersetzt und erläutert

von

Dr. Gotthold Bötticher.

Halle a. S.,

Verlag der Buchhandlung des Waisenhauses.

1891.

Inhalt.

Vorwort.

Was uns bestimmte, die beiden vorliegenden kleinen Ge=
dichte aus der großen Zahl der höfischen Epen auszuwählen,
haben wir in unsern Vorbemerkungen S. V dargelegt. In der
Würdigung ihres Wertes stehen wir nicht allein; das beweisen
die wiederholten Übersetzungen gerade dieser Gedichte. Meier
Helmbrecht wird hier zum siebenten, der Arme . Heinrich zum
sechsten Male in nhd. Übertragung geboten.[1]

[1] Die früheren Übertragungen des Helmbrecht sind folgende:
1. Meier Helmbrecht von Wernher dem Gärtner. Die älteste deutsche
Dorfgeschichte von Dr. Carl Schröder. Wien 1865.
2. Meier Helmbrecht von Wernher dem Gärtner. Die älteste deutsche
Dorfgeschichte. Aus dem Mittelhochdeutschen übersetzt von Karl Pan=
nier. Cöthen 1876.
3. Meier Helmbrecht von Wernher dem Gärtner. Die älteste deutsche
Dorfgeschichte. Aus dem Mittelhochdeutschen mit Einleitung und Erläu=
terungen von Dr. Max Oberbreyer. Leipzig, Reclam.
4. Meier Helmbrecht von Wernher dem Gärtner. (Nach C. Schröders
Text=Übersetzung.) Die älteste deutsche Dorfgeschichte. Für Schule und
Haus herausg. von Rektor Dr. Wohlrabe. 2. Aufl. Halle a S. 1888.
5. Meier Helmbrecht von Wernher dem Gärtner. Eine deutsche Novelle
aus dem 13. Jhd. Übersetzt von Ludwig Fulda. Halle a S., Hendel.
6. Junker Helmbrecht der Bauernsohn in „Drei Erzählungen aus dem
deutschen Mittelalter" von Gotthold Klee. Stuttgart, Steinkopf.
Die des Armen Heinrich sind diese:
1. Der arme Heinrich von Hartmann von Aue. Ein erzählendes Ge=
dicht, metrisch übersetzt von K. Simrock. Nebst der Sage von Amicus
und Amelius und verwandten Gedichten des Übersetzers. 2. umgearb.
Aufl. Heilbronn 1874. (Auch im Altdeutschen Lesebuch.)
2. Der arme Heinrich, übersetzt von O. Marbach und Fr. Koch.
Bibliothek der deutschen Klassiker I. 247—279. Hildburghausen.
3. Der arme Heinrich, bearbeitet von A. v. Chamisso im Deutschen
Musenalmanach 1839.
4. Der arme Heinrich von Hartmann von der (so!) Aue. Aus dem
Mittelhochdeutschen übersetzt von H. von Wolzogen. Leipzig, Reclam.
5. Der arme Heinrich von Hartmann von der (so!) Aue. Neuhoch=
deutsch bearbeitet von Th. Ebner. Halle a S., Hendel.

Das „Bedürfnis" nach einer neuen Übertragung ist daher lediglich durch den Mangel einer geeigneten Schulausgabe begründet, wie wir sie in den „Denkmälern" geben wollen. Daß dazu auch ein neuer Text gehört, versteht sich von selbst. Wie sich dieser, dem man volle Selbständigkeit nicht absprechen wird, zu den früheren Arbeiten verhält, unter denen L. Fuldas Helmbrecht als eine vorzügliche Leistung zu betrachten ist, mögen Kenner beurteilen. Von der Beigabe des mhd. Originals mußte des Raumes wegen abgesehen werden. Als Proben mögen einige Stellen gelten, welche in die Einleitung zu Hartmann eingefügt sind, und außerdem der Eingang zum Iwein.

So klein an Umfang die beiden Gedichte sind, so gewähren sie doch einen verhältnismäßig bedeutenden Einblick in die Ideenkreise und die Geschichte des Rittertums. Gerade die Zusammenstellung einer Schöpfung von höchstem idealen Gehalt aus der besten Zeit mit einer realistischen Schilderung des verfallenden Rittertums wird fruchtbare Gesichtspunkte für ein tieferes Eindringen in die Eigenart des Rittertums mit seinen Gegensätzen bieten. Die Beschäftigung mit einem der eigentlichen Ritterepen, der Modedichtung der Zeit, ist natürlich außerdem unerläßlich. Daß dies der Parzival sein muß, der in einer für die Schule eingerichteten Übertragung des Verfassers vorliegt, (Berlin, Friedberg und Mode) haben wir in den Vorbemerkungen bereits ausgesprochen. Alle übrigen Ariusromane, auch die Hartmanns, rechtfertigen wegen ihres geringen ethischen Gehalts kaum die bekanntlich sehr große Mühe der Übertragung. Nur aus praktischen Zwecken, weil nun einmal Hartmann als der beliebteste Erzähler jener Zeit gilt, lasse ich als Beigaben eine gedrängte Inhaltsangabe des Iwein und des Erek folgen.

Hartmann von Aue.

Einleitung.

Hartmann von Aue war aus keinem adeligen, besitzen=
den Geschlechte, sondern führte seinen Namen nur als Bezeich=
nung der Herrschaft, auf welcher er ein dienstbarer Ritter war.
Als solcher stand er in Brot und Lohn bei den adeligen Herren
von Aue in Schwaben bei Freiburg im Breisgau, wie man trotz
mehrfach geltend gemachter Zweifel nach seinen eigenen Andeu=
tungen (Arm. H. v. 5 vgl. v. 31 u. 46) anzunehmen hat. In
demselben Sinne heißt auch Wolfram „von Eschenbach", nämlich
als Bediensteter auf der adeligen Herrschaft Eschenbach. Hart=
mann ist wahrscheinlich zwischen 1160 und 1170 geboren und
hat die geistliche Schulbildung seiner Zeit genossen (A. H. 1 ff.).
Er hat an dem Kreuzzuge 1197 teilgenommen und ist noch vor
1220 gestorben (s. Denkm. II, 1 (Walther) S. 3). Weiter wissen
wir von seinem Leben nichts.

Hartmann ist derjenige unter den höfischen Dichtern, wel=
chem einer ihrer größten, Gottfried von Straßburg, in seinem
Tristan[1]) das höchste Lob spendet. Nach dieser Äußerung müssen

---

1) Der Dichter nimmt bei einer Stelle, welche besondere Kunst
der Darstellung erforderte Gelegenheit, auf seine Vorbilder unter seinen
Zeitgenossen hinzuweisen, zugleich aber auch eine herbe Kritik an Wol=
fram von Eschenbach zu üben (s. meine Ausgabe des Parzival S. LXVIII).
Dort sagt er von Hartmann:

Hartman der Ouwære,
ahî, wie der diu mære
beid' ûzen unde innen
mit worten und mit sinnen
durchværwet (durchfärbt) und durchzieret!
wie er mit rede figieret (gestaltet)

wir ihn unbedingt als den geschmackvollsten, feinsten und dadurch
beliebtesten der ritterlichen Sänger, den eigentlichen Modedichter
der höfischen Gesellschaft, ansehen. Man ist also auch berechtigt,
sich aus seinen Werken ein Bild von den geistigen, sittlichen
und künstlerischen Bedürfnissen jener Gesellschaft, für die er dich=
tete, zu machen. Dies Urteil dürfte nicht so ideal ausfallen,
wie man gewöhnlich glaubt. Tief religiöser Sinn ist nicht zu

der âventiure meine! (Meinung, Sinn)
wie lûter (lauter) und wie reine
sîn kristallîniu wortelîn
beidiu sint und iemer (immer) müezen sîn!
si koment den man mit siten an, (sie führen feine Sitten vor)
si tuont sich nâhe zuo dem man (schmeicheln sich ein)
und liebent rehtem muote (werden edel Denkenden lieb)
swer (wer) guote rede zc guote
und ouch ze rehte kan verstân.
der muoz dem Ouwære lân
sîn schapel und sîn lôrzwî (Lorbeer und Ehrenkranz).

In litteraturgeschichtlichem Interesse finde hier auch einen Platz, was er
von Heinrich von Veldeke, dem Begründer des höfischen Ritterepos,
(s. Denkm. II, 1. S. 2) sagt:

von Veldeken Heinrich
der sprach ûz vollen sinnen: (mit Kraft und Nachdruck)
wie wol sanc er von minnen!
wie schône er sînen sin besneit! (zuschnitt, zurichtete)
ich wæne, er sîne wîsheit
ûz Pegasis ursprunge (Quell) nam,
von dem diu wîsheit elliu (alle) kam.
i'ne hân sîn selbe (ihn selbst) niht gesehen;
nu hœre ich aber die besten jehen. (sagen)
die, die bî sînen jâren
und sît her meister wâren.
die selben gebent im einen prîs:
er impfete daz êrste rîs (er pfropfte das erste Reis)
in tiutscher zungen:
dâ von sît este (Äste) ersprungen.
von den diu bluomen kâmen.
dâ si die spæhe (Kunst) ûz nâmen
der meisterlîchen funde (Erfindung, Dichtung).

verkennen, wie der Arme Heinrich, der Gregorius und eine Reihe
von Liedern bezeugen (vgl. das in Denkm. II, 1 mitgeteilte
Kreuzlied), aber die eigentliche Nahrung, die man suchte, war
doch der sehr oberflächlich gehaltene Artusroman, in welchem es
lediglich auf Darstellung von ritterlichen Abenteuern im Dienste
der Minne ankam. Nur ist nicht zu vergessen, daß in Hart=
manns Erzählungen von Iwein und Erec, welche Umdichtungen
der gleichnamigen französischen Epen von Chrestiens de Troyes
sind, doch deutsche Eigenart klar hervortritt, ganz besonders in
der Verherrlichung der triuwe neben dem Mannesmut, welche
Wolfram geradezu zum Thema seiner Werke machte.[1]

1) Hier sei eine Stelle des ersten „Büchleins" mitgeteilt, in welcher
Hartmann das sittliche Ideal des Rittertums zeichnet. In einem Zwie=
gespräch des Herzens mit dem Leibe giebt das Herz dem Leibe ein Zau=
bermittel, womit er Heil und Freude erwerben könne:

diu krût sint dir unerkant; (unbekannt)
also sint si genant:
milte, zuht, diemuot. (Freigebigkeit, Zucht, Dienst=
                           fertigkeit)
ez ist kein krûtzouber sô guot:
swelich (welcher) sæliger man
diu driu krût tempern (mischen) kan
darnâch als in gesetzet ist, (wie es richtig ist)
daz ist der rehte zouberlist.
ouch hœrent ander würze derzuo,
ê daz man im rehte tuo: (ehe man ihm gerecht wird)
triwe unde stæte. (Redlichkeit und Charakterfestigkeit)
swer die darzuo niht hæte,
sô müese der list beliben: (so hat der Zauber noch keine Wirkung)
ouch muost du darzuo rîben (reiben)
beide kiuscheit unde schame: (Reinheit der Gesinnung
                          und keusche Zurückhaltung)
dannoch ist ein krûtes name
gewislichin manheit: (unentwegte Tapferkeit)
sô ist daz zouber gar bereit.
und swem alsô gelinget.
daz er si zesamen bringet,
der sol si schüten in ein vaz:
daz ist ein herze âne haz.

Hartmann hat außer Minneliedern und den beiden „Büch =
lein" (poetischen Betrachtungen über die Minne in Form von
Liebesbriefen) zwei epische Gedichte religiös = ethischen Inhalts und
zwei Artusromane gedichtet. Die beiden ersten sind die Legende
vom heiligen Gregorius, welcher, aus Geschwisterliebe ent =
sprossen, unwissend mit der eigenen Mutter vermählt, diese
Schuld durch langes Büßen auf einem Felsen im Meere sühnt
und dann Papst wird, und der Arme Heinrich, der uns die
Wundermacht hingebender, selbstloser Liebe und die Wandlung
eines eigensüchtigen Menschenherzens vorführt. Die beiden andern
sind Erek und Jwein, deren Inhalt unten kurz erzählt wer =
den soll. Der Arme Heinrich ist nach einer lateinischen Quelle,
die drei andern sind nach französischen Vorlagen gedichtet. Am
formvollendetsten ist der Jwein. Die Chronologie dieser Werke
ist unsicher, doch ist der Erek, das älteste, noch vor 1200, der
Jwein vor 1203 und der Arme Heinrich zuletzt von allen gedichtet.

Hartmann ist ein Typus des edleren Genüssen zugewandten
Rittertums. Wie in diesem Religiosität und Lebensgenuß fried =
lich nebeneinander hergehen, jedes an seiner Stelle, ohne zu ein =
heitlicher Lebensführung zu verschmelzen, so zeigt sich auch Hart =
mann in seinen Werken. Im Armen Heinrich läßt er seine
Heldin eindringlich und beweglich von der trügerischen Lust der
Welt reden, im Gregorius werden wir ergriffen von dem Ernst
der Buße auch für unverschuldete Sünden, sein „Kreuzlied" ist
eine gewaltige Predigt, daß die Kreuzritter ihr ganzes Leben
ihrem heiligen Berufe anpassen müßten, aber seine Minnelieder,
sein Erek und Jwein zeigen uns eine andere Welt, in der wohl
die Ideale, Tapferkeit und Liebe, verherrlicht werden, aber von
sittlichen Problemen und innerer Durchbildung wenig die Rede
ist. So können wir uns kaum wundern, wenn Hartmann Gott
und die Welt als zwei Herren von entgegengesetztem Charakter
betrachtet, deren jedem der Ritter Lehenspflicht zu leisten habe,
und wenn er die schwerste Lebensaufgabe des Mannes darin sieht,
beiden gerecht zu werden.[1]) „Gott und Welt, Herz und Leib,

1) er bedarf unmuoze wol
   swer zwein herren dienen sol.
   die sô gar undr in beiden
   des muotes sint gescheiden (deren Sinnesart so ganz verschie=
   als diu werlt unde got.   [den ist)
   swer der beider gebot

fügſame Faſſung und ungemeſſenes Wünſchen, das Höhere und
das Niedere im Menſchen: ſolche Gegenſätze und ihre Vermitt=
lung (beſſer Verbindung) ziehen ſich durch alle Werke Hartmanns
und beſtimmen auch die Wahl ſeiner epiſchen Probleme" (Scherer).
„Tiefe Konflikte, kühne Griffe, draſtiſche Bilder ſcheut er. Über
widerwärtige Erlebniſſe hilft er ſich gleichmütig und hoffnungsfroh
mit dem Gedanken hinweg: „Laß gehen, es ſollte dir geſchehen!
bald kommt, was frommt!"[1]) (Polack) — ein vollendeter Typus
der beſſeren Geſellſchaft ſeiner Zeit. Tiefer geht in dieſer Frage
Walther, am tiefſten Wolfram.

Was den Armen Heinrich im beſonderen betrifft, ſo fand
Hartmann den Stoff vermutlich in einer lateiniſch geſchriebenen
Familiengeſchichte des Geſchlechtes, welchem er diente, ſei es, daß
dieſelbe in einem Kloſter der Umgegend oder in der Familie ſelbſt
aufbewahrt wurde. Er war ſeinem Herrn mit Leib und Seele
zugethan, wie die wiederholte Klage um deſſen Tod in ſeinen
Liedern (vgl. auch das Kreuzlied) beweiſt. Zur Verherrlichung
ſeiner Herrſchaft alſo dichtete er auch den Armen Heinrich, deſſen
poetiſche Geſtaltung ganz als ſein eigenes Werk zu betrachten
iſt. Hinſichtlich des dichteriſchen Motivs iſt an Bibelſtellen wie
Hebr. 12, 5. 6[2]) Röm. 8, 28[3]) Joh. 15, 13[4]) zu erinnern, ſowie

zo rehte solde begän.

der darf den sin niht ruowen län. (zweites Büchlein 182 ff.)

vgl. dazu das Kreuzlied, auch Walther Nr. 12 und den Schluß des Parz.

1) für trûren hân ich einen list. (Zaubermittel)

swaz mir geschiht ze leide, sô gedenke ich iemer sô.

nû lâ varn, ez solte dir geschehen:

schiere kumet

daz dir gefrumet'.

sus sol ein man des besten sich versehen.

(Des Minnesangs Frühling v. Lachmann 211, 30 ff.)

2) „Mein Sohn, achte nicht gering die Züchtigung des Herrn,
und verzage nicht, wenn du von ihm geſtraft wirſt. Denn, welchen der
Herr lieb hat, den züchtiget er; er ſtäupet aber einen jeglichen Sohn,
den er aufnimmt.

3) Wir wiſſen aber, daß denen, die Gott lieben, alle Dinge zum
Beſten dienen.

4) Niemand hat größere Liebe, denn die, daß er ſein Leben läſſet
für ſeine Freunde.

an die Geschichte Hiobs, auf welche der Dichter selbst Bezug nimmt. Eine eingehendere Vergleichung der Charaktere Hiobs und des Armen Heinrichs und ihres Schicksals empfiehlt sich von selbst. Auch zu dem Leiden des Anfortas in Wolframs Parzival ergeben sich ungesucht Beziehungen. Und ganz beson= dere Anregung gewährt das tiefere Eindringen in das Verhältnis des voll selbstloser Liebe sich aufopfernden Weibes zu dem an sich edlen aber doch in unbewußter Selbstsucht gefangenen Manne. Eine Fülle von Gegensätzen und feinen Beziehungen thun sich hier auf, und eine Charakteristik beider gehört zu den lohnendsten Aufgaben, zu welchen die Lektüre Anlaß bietet.

Der arme Heinrich.

Ein Ritter so gelehrt [1]) einst war,
Daß er in Büchern las und klar
Erkannt', was drin geschrieben stand.
Der Ritter war Hartmann genannt
5 Und war dienstbar am Hof zu Au'.[2])
Gar eifrig ging er auf die Schau
Nach Büchern mannigfalt'ger Art.
Des Suchens er nicht müde ward,[3])
Ob er nicht etwas fände,
10 Womit er trübe Stunden wende
Und leichter mache Herzensschwere,
Und das doch Gottes Ehre
Vor allem diente und zugleich
Die Huld der Menschen, arm und reich,
15 Ihm selbst erwerbe; nun hört an,
Was er euch hier erzählen kann
Von dem, was er geschrieben fand.
Er hat sich selbst allhier genannt,
Damit für seiner Arbeit Müh'n,
20 Die seinem Werke er gelieh'n,
Man auch den Lohn einst nicht vergißt
Und jeder, wenn er nicht mehr ist,
Der sein Gedicht hör' oder lese,
Fürbitte thu', daß dort genese
25 Die Seele sein zum ew'gen Heil.
Man sagt, er schaff' sein eigen Teil
Und werbe selbst sich Gottes Huld,
Wer bittet für der andern Schuld.

---

1) d. h. unterrichtet, nämlich im Lesen und Schreiben und in der
Kenntnis des Lateinischen, also im Besitz der klösterlichen Schulbildung.
Das Französische lernte der Dichter aus dem Gebrauch.

2) f. d. Einl. S. 3.

3) Auch unsere klassischen Dichter (man denke an den jungen
Schiller) suchten Stoffe, ihrem Drange zur Dichtkunst zu genügen.

      Er las von einer seltnen Mär,
30 Wie einst ein Herr gesessen wär'
    Im Schwabenland, dem war beschieden
    Jedwede Tugend, die hienieden
    Den jungen Ritter ziert und schmückt.
    Man sprach von niemand so beglückt
35 Ringsum in allen Landen:
    Geburt und Reichtum standen
    Ihm zu Gebot, und weit und breit
    War Vorbild jeder Tüchtigkeit
    Der Ritter, und wie groß auch war
40 Sein Reichtum und wie wunderbar
    Sein Adel strahlt, fast Fürsten gleich:
    Er war doch lange nicht so reich
    An dem, was ihm Geburt verliehn,
    Als er besaß an edlem Sinn.
45   Sein Name war wohl weit bekannt,
    Herr Heinrich wurde er genannt
    Und war von Au geboren.[1]
    Er hatte abgeschworen
    Falschheit und alles rohe Wesen
50 Und ist dem Eide treu gewesen
    Beständig bis an seinen Tod.
    Ihm macht' im Leben keine Not,
    Daß jemand kürze seine Ehren:
    Ihm ward, so viel er mocht begehren,
55 Weltlicher Ehren reichste Fülle.
    Und diese mehrt' er in der Stille
    Durch jede hohe Tugend;
    Er war die Blüte aller Jugend,
    Weltlicher Freud' ein Spiegel rein,
60 In Treue fest wie Felsgestein,
    Die Krone aller wahren Zucht
    Und seiner Sippe für die Flucht
    Vor Not und Elend Schirm und Schild.[2]

---

[1] S. Einl. S. 3. Dieser Heinrich ist von Au geboren, Hart=
mann nur Dienstmann zu Au.

[2] allgemein übliche und beliebte Metaphern der höfischen Dich=
tung, hier charakteristisch für Hartmanns Ideal eines Ritters. Suche
ähnliche Ausdrücke bei Wolfram und Walther.

Nach rechtem Maße wägend[1]) hielt
65 Er Mangel fern und Überfluß,
Und niemals trug er mit Verdruß
Der Ehren Last auf seinem Rücken,
Und allen ward zur festen Brücken
Sein weiser Rat. Auch wußt' von Minnen
70 Zu singen er[2]) und zu gewinnen
In aller Welt viel Preis, er schien
Gar höfisch und von weisem Sinn.

Als nun Heinrich, der edle Herr,
Genoß in Freuden hoch und hehr
75 Die Ehren und sein reiches Gut
Und seinen frischen, frohen Mut
Und alle Freuden dieser Welt,
In der ihn Gott so hoch gestellt,
Daß ihm kein andrer sich vergleicht:
80 Da ward sein stolzer Mut gebeugt
Bis in den allertiefsten Grund.
An ihm ward allen Menschen kund,
Wie an dem jungen Absalon,[3])
Daß auch die reichste Königskron'
85 Und alle Süßigkeit der Welt
In nichts vor uns zusammenfällt
Und ihre Herrlichkeit vergeht,
Wie in der Schrift geschrieben steht.
Es heißt an einer Stelle da
90 ‚Media vita
in morte sumus'[4])
Das heißt, daß jeder wissen muß,
Daß, wenn am sichersten wir leben,

---

1) Die mâze (vgl. σωφροσύνη und ἐγκράτεια) war ein Haupt=
erfordernis der höfischen Bildung auf allen Gebieten.
2) Auch gekrönte Häupter pflegten des Minnesanges, wie Kaiser
Heinrich VI., Herzog Heinrich I. von Anhalt, Markgraf Otto von Bran=
denburg mit dem Pfeile.
3) 2. Sam. 18.
4) Hier irrt der Dichter, wenn er diese Worte als eine Bibelstelle
ansieht. Sie sind vielmehr der Anfang einer alten lateinischen sogenann=
ten Antiphone, die auch schon früh in deutscher Übersetzung bei Bitt=
gängen gesungen wurde. Luther hat daraus sein gewaltiges Lied „Mitten
wir im Leben sind mit dem Tod umfangen" gedichtet.

Des Todes Schatten uns umschweben.
95 Was fest und stät in dieser Welt,
Und was am besten uns gefällt,
Und was sie Großes sonst vollbracht,
Dem fehlt doch der Vollendung Macht.
Seht an, solch kümmerlich Geschehen
100 Läßt uns im Bild die Kerze sehen.
In Asche sie sich ganz verzehrt,
Indem sie uns das Licht beschert.
Schlimm steht's um unsre Sachen;
Seht doch, wie oft das Lachen
105 Im Weinen jämmerlich erlischt,
Wie alles Süße ist vermischt
Mit Bitterkeit der Galle.
Des Lebens Blume kommt zu Falle,
Wenn sie am prächtigsten erblüht.
110 Am Herren Heinrich jeder sieht,
Je höher jemand werde
Gestellt auf dieser Erde,
Je weniger gilt er vor Gott.
Er fiel durch Gottes Machtgebot
115 Aus seiner eiteln Herrlichkeit
In großes Elend, Schmach und Leid.
Mit Aussatz schlug ihn Gott der Herr,
Und als man seine Hand so schwer
Auf seinem Leibe ruhen sah,
120 Unlieb ward allen Menschen da
Sein Anblick und sein Nahesein.
Nun seht, wie sonst sein lichter Schein
Der Welt so wohl gefiel hienieden
Und wie ihn gern jetzt alle mieden,
125 Um nur sein Antlitz nicht zu sehn.[1]

---

1) Der Aussatz (mhd. miselsuht) war durch die Kreuzzüge aus dem Morgenlande nach Europa eingeschleppt worden und herrschte hier vom 12. bis zum 16. Jahrh., ohne daß man etwas anderes thun konnte, als was die Orientalen schon immer gethan hatten. Die Unglücklichen wurden von der menschlichen Gemeinschaft ausgeschlossen und außerhalb der Stadtmauern in Asylen untergebracht. Ein solches ist schon im 9. Jahrh. in Bremen und im 11. Jahrh. in Würzburg bekannt. Heute kommt die Krankheit im Abendlande nur selten, z. B. im nördlichen Norwegen, auf den Lofoten, vor, gilt übrigens nicht mehr als ansteckend.

So ist's auch Hiob einst geschehn,
Dem Manne, reich und hochgeboren,
Der seine Ehre auch verloren
Und auf dem Miste[1]) Herberg fand,
130 Gerad' als sein Glück am höchsten stand.
Und als der arme Heinrich dann
In seinem Herzen sich besann,
Daß er der Welt beschwerlich falle,
Da that er wie die Menschen alle:
135 Da wuchs aus bitterm Leid die Schuld,
Daß er nicht fand Hiobs Geduld.
Denn Hiob litt, der fromme Mann,
Geduldig, sonder stolzen Wahn,
Als ihm das Leiden ward zu teil,
140 Um seiner Seele Ruh' und Heil
Das Siechtum und der Krankheit Schmach,
Die vor den Menschen auf ihm lag.
Drum lobt' er Gott und freute sich.[2])
Der arme Heinrich aber glich
145 Dem Dulder Hiob leider nicht.
Gar unfroh stand ihm das Gesicht.
Sein fliegend Herz in Leid versank,
In Kummerflut die Freud' ertrank,
Sein hoher Sinn, der kam zu Falle,
150 Sein sanft Gemüt ward ganz zur Galle.
Ein jäher, finstrer Donnerschlag[3])
Läßt schwinden ihm den hellen Tag,
Und schwarze Wolken, ach so dicht,
Bedecken ihm der Sonne Licht.
155 Es macht' ihm bittere Beschwer,
Daß ihm so manch' gewohnte Ehr'
Und manches Wort der Liebe

---

1) Hiob 2, 8 nach LXX (ἐπὶ τῆς κοπρίας ἔξω τῆς πόλεως) und
Vulgata (in sterquilinio). Luther übersetzt richtig nach dem Grundtext
„in der Asche."

2) Stimmt dies wirklich mit der biblischen Geschichte ganz überein?
Vgl. Hiob 3. 9, 14 ff. 10, 18. 19. 13, 18 ff. Der arme Heinrich bietet
vielmehr eine ziemlich genaue Parallele zu Hiob. Auch Hiob demütigt
sich erst durch die Reden des Elihu.

3) Ähnliches Motiv Parz. 103, 25 (meine Ausgabe S. 13) in
Herzeloydens Traum.

Versagt nun fürder bliebe.
Er zürnt' dem Tage, flucht' ihm gar,
160   An dem die Mutter ihn gebar.[1]
Ihm blieb in seinem schweren Leib
Ein Trost nur, des er doch sich freut:
Gar manches Mal gesagt ihm ward,
Daß mannigfach der Krankheit Art,
165   Und daß doch mancher sei genesen,
Der schon dem Tode nah gewesen.
Das ließ ihn all sein Thun und Denken
Auf diese Hoffnung freudig lenken.
Und bald erfüllt sein ganzes Wesen
170   Die Sorge, wie er möcht' genesen.
Auf Rat der Ärzte wohlgelahrt
Begab er schnell sich auf die Fahrt
Nach Montpellier,[2] doch ward ihm da,
Sobald man ihn nur kommen sah,
175   Die hoffnungslose Antwort kund,
Er werde nimmermehr gesund.
Ungern vernahm er solches Wort,
Und nach Salerno[3] eilt er fort.
Dort saß ein Meister, weis' und alt,
180   Der offenbart' ihm alsobald
Gar eine wunderliche Märe,
Daß seine Krankheit heilbar wäre,
Doch könnt' er Heilung nicht ersehn.
Da sprach er: „Wie soll das geschehn?
185   Unsinnig redet dieser Mann,
Ich muß genesen, wenn ich's kann.
Und was auch immer ihr Geheiß,
Was Geld erreichen kann und Fleiß,
Das will ich alles froh vollziehn."
190   „Nein, laßt vergebliches Bemühn",

---

1) Hiob 3.
2) Schon seit 1180 war in Montpellier eine medizinische Schule,
doch erst 1290 wurde die Universität vollständig eingerichtet. In diesem
Sommer (1890) wurde die Jubelfeier des 600jährigen Bestehens begangen.
3) Salerno wurde die berühmteste medizinische Fakultät des Mittel-
alters. Die Universität wurde 1150 gegründet, ist jedoch 1817 aufge-
hoben worden. Salerno ist außerdem berühmt als Zufluchtsort Gregors
des Großen, der dort in der Verbannung starb.

Sprach ernst der Meister, „Eure Plage
- Was nützt es, wenn ich mehr noch sage? —
Bedarf besondrer Arzenei,
Wollt ihr derselben werden frei.
195 Und niemand ist so reich auf Erden,
Der jener habhaft könnte werden.
Mit aller Kraft und allem Sinnen
Vermag er nicht sie zu gewinnen.
So seid ihr ein verlorner Mann,
200 Nimmt Gott nicht selbst sich euer an."
    Der arme Heinrich sprach betrübt:
„Laßt ihr mir nichts, was Trost mir giebt?
Hab' ich nicht Geld und Gut genug?
Und heischt nicht eure Pflicht mit Fug
205 Und eure Kunst mir beizustehn?
Wollt ihr mein Geld nicht ganz verschmähn,
Mein Silber und mein rotes Gold:
Ich mach' euch mir wohl noch so hold,
Daß ihr mir Pein und Not sollt stillen."
210 „Nicht fehlen sollt' es mir am Willen",
Sprach wiederum der Meister frei,
„Und wär' es eine Arzenei,
Die irgend könnt' auf Erden
Um Geld erworben werden:
215 Könnt' ich sie euch erwerben,
Ich ließ' euch nicht verderben.
Doch kann das leider nun nicht sein:
So kann, wie groß auch eure Pein,
Ich Rat und Hülf' euch nicht erteilen.
220 Nur eine Jungfrau kann euch heilen,
In Herzensgrunde keusch und rein,
Und die bereit auch würde sein
Für euch den grimmen Tod zu leiden.
Nun brauch' ich's euch nicht zu beeiden,
225 Daß niemand gern für andre stirbt;
Und doch allein euch Heil erwirbt
Der reinen Jungfrau Herzensblut.[1]
Das ist für euer Siechtum gut."

---

1) Der reinen Jungfrau wurden schon im heidnischen Altertume
außerordentliche Kräfte zugeschrieben (vgl. Brunhild im Nibelungen-

Da sah der arme Heinrich ein,
230 Daß es unmöglich möchte sein,
Daß jemand den sich würbe,
Der gerne für ihn stürbe.
So schien ihm jeder Trost genommen,
Um den er war hierher gekommen.
235 Und jede weitre Frage schien
Ihm nur noch thörichtes Bemühn.
Davon ward ihm das Herz so schwer,
Daß er verzweifelt' mehr und mehr
Und wollte länger nicht mehr leben.
240 So zog er heim, um hinzugeben
Sein Erbteil und sein fahrend Gut,
Wie frommer Sinn und Edelmut
Und weiser Rat ihn lehrte:
Nichts weiter er begehrte.
245 So macht' er arme Freunde reich [1]
Mit Weisheit, und gab Trost zugleich
Auch vielen fremden Armen,
Daß Gottes groß Erbarmen
Ihm schenke einst der Seele Heil.
250 Das andre ward der Klöster Teil.
So gab er mit zufriednem Sinn
Sein Hab und Gut und alles hin.
Im Wald blieb ihm ein Stücklein Feld,
Dorthin trieb Scheu ihn vor der Welt.
255 Doch seines Leidens Not und Pein
Beklagt' er wahrlich nicht allein.
Es klagte mit ihm jedes Land,
Worin sein Name war bekannt,
Und manches Herz ward wohl beschwert,
260 Auch wo man nur von ihm gehört.
Schon lange saß auf diesem Feld
Und hatt' es Jahr für Jahr bestellt
In treuem Fleiß ein Bauersmann,
Den selten noch ein Leid kam an,

---

lied). Der Gedanke fand in verschiedenen Sagen Ausdruck (vgl. Parz.
482, 24 ff. vom Einhorn), doch läßt sich die Entstehung der christlichen
Vorstellung, daß das Blut einer reinen Jungfrau unheilbare Krankheiten
heile, nicht nachweisen.
1) f. o. Vers 62 ff.

265 Wie andern Bauern wohl geschehn,
Die schlimmrer Herren sich versehn,
Die sie nicht wollten schonen
Mit Steuern und mit Frohnen.
Was dieser Mann freiwillig trug,
270 Das war dem Herren schon genug,
Dazu auch sorgt' er, daß sein Gut
Nicht litt von fremdem Übermut.
So kam's, daß rings im Land umher
Kein Bauer war so reich wie er.
275 So zog in dieses Meiers Haus
Der arme Heinrich nun hinaus.
Was er ihm früher wohlgethan,
Wie reich vergalt ihm das der Mann!
Er fragte nicht, ob ihm Beschwerde
280 Durch seinen kranken Herren werde.
In seinem treuen Herzen litt
Er alles, Not und Jammer, mit,
Die Gott Herrn Heinrich auferlegte.
Mit treuer Liebe er ihn pflegte.
285 Dem Meier hatte Gott gegeben
In seinem Stand ein reines Leben.
Gesund und stark war ihm der Leib
Und arbeitsam sein treues Weib.
Auch schöne Kinder schenkt' ihm Gott
290 Zur Freud' und Lust in mancher Not.
Darunter war, wie man erfahren,
Ein zartes Mägdlein von acht Jahren,
So gut im tiefsten Herzensgrunde,
Daß nimmer auch nur eine Stunde
295 Von ihrem Herren wich ihr Fuß!
Um seine Huld und seinen Gruß
Dient' sie ihm ohne Rast und Ruh
Und wandt' ihm ihre Pflege zu.
Sie war auch so besondrer Art,
300 Daß mancher wohl des innen ward,
Daß sie in ihrer Schönheit Schein
Ein Königskind wohl könnte sein.
Die andern hatten nur im Sinn,
Daß sie, soweit es anging, ihn

305 Zu allen Stunden mieden.
Da eilte sie — ihr war's hienieden
Der liebste Ort — an seine Seit',
Und gern vertrieb sie ihm die Zeit.
So hatte sie ihr ganz Gemüte
310 In kindlich reiner Herzensgüte
Dem lieben Herren zugewandt,
Daß man sie nirgend anders fand
Als dort zu seinen Füßen.
So wollte sie dem Herrn versüßen
315 Die Stunden und verließ ihn nie.
Dazu erfreute er auch sie
Mit allen schönen Gaben,
Die Kinder gerne haben
Zu ihrem frohen Kinderspiel.
320 Dergleichen gab der Herr ihr viel.
Auch half ihm, daß so leichtlich man,
Sich Kinderlieb' gewinnen kann.
Er kauft' ihr, was er käuflich fand,
Ob Spiegel oder Lockenband,
325 Und was sonst Kindern liebe Dinge,
Wie Gürtelchen und Fingerringe.
Mit solchem Dienst bracht' er's dahin,
Daß sie sein ward mit Herz und Sinn
Und er sein klein Gemahl sie hieß.
330 Das gute Kind gar selten ließ
Den treuen Herrn mit sich allein:
Er däuchte sie gesund und rein.
Wie sehr der reiche Kinderlohn
Sie auch dazu getrieben schon:
335 Doch macht' ihr's wert erst allermeist
Ein gottgegebner, süßer Geist.
    So dient' sie liebend fort und fort.
Als nun der arme Heinrich dort
Drei Jahre schon geweilet
340 Und Gott noch immer zuerteilet
Groß Leid und Jammer seinem Leib,
Saß einst der Meier und sein Weib
Und ihre Tochter, jene Magd,
Von der ich eben euch gesagt,

345 In sorgender Geschäftigkeit
Bei ihm und klagten um sein Leid.
Das war den Armen wahrlich not:
Sie mußten fürchten, daß sein Tod
An Ehr' und Gut sie hart gefährde
350 Und daß ein andrer Herr hier werde,
Der hart sei und von bösem Sinn.
So dachten sie wohl her und hin,
Bis endlich unser Bauersmann
Also zu fragen ihn begann.
355 Er sprach: „Hört, lieber Herre mein,
Möcht' es mir wohl gestattet sein,
So thät' ich eine Frage gern:
Soviel doch in der Stadt Salern
Heilkund'ger Meister leben,
360 Wie kommt's, daß keiner konnte geben
Für euer Siechtum einen Rat
Und keiner dafür Heilung hat?
Herr, seht, das wundert mich gar sehr."
Da stieg dem armen Heinrich schwer
365 Ein tiefer Seufzer aus dem Herzen
In bitterlichen Schmerzen:
Er litt so viel, als er nun sprach,
Daß ihm vor Gram die Stimme brach.
„Ich hab', ach, diesen bittern Spott
370 Genug verdient um meinen Gott.
Du sahst es selbst ja wohl zuvor,
Wie weit geöffnet stand mein Thor
Weltlicher Freude mannigfalt,
Und daß wohl niemands Wille galt
375 In seiner Sippe wie der meine:
Und konnte nichts doch thun alleine;
Denn nichts war mein von aller Macht.
Ich fragte nicht und gab nicht acht,
Wer mir das Freudenleben
380 Aus Gnaden nur gegeben.
Da war mein Herze so bestellt
Wie allen Thoren dieser Welt;
Denn allen sagt ihr Übermut,
Daß ihre Ehr' und all ihr Gut

385 Sie ohne Gott gewonnen han.
So trog auch mich der schlimme Wahn,
Daß ich gar wenig nach ihm fragte,
Von dessen Gnade mir behagte
So viele Ehr' und großes Gut.
390 Als nun mein frevler Übermut
Den hohen Pförtner doch verdroß,
Des Glückes Thor er mir verschloß.
Ich klopfe nun vergebens an:
Das hat die Thorheit mir gethan.
395 Gott hat zur Strafe mich geschlagen
Mit solchen jämmerlichen Plagen,
Davon kein Mensch mich kann erlösen.
Nun schmähen mich die Bösen.
Der Gute aber vor mir flieht.
400 Ist einer böse, der mich sieht,
Viel böser muß ich selbst doch sein!
Er zeigt Verachtung meiner Pein
Und kehrt die Augen ab von mir.
Nun finde ich zuerst bei dir
405 Ein Herz so treu, wie du es hast,
Daß du den Siechen pflegst als Gast
Und nicht mit Graun mich siehest.
Doch ob du auch vor mir nicht fliehest
Und keinem lieb ich bin als dir:
410 So sehr dein Glück auch hängt an mir,
Du trügest doch wohl meinen Tod.
Ach, wem ward Schmach und bittre Not
Wohl jemals auf der Erde mehr?
Vor kurzem war ich noch dein Herr
415 Und bin dein armer Schuldner nun.
Mein lieber Freund, dein frommes Thun,
Dein Weib, dein Kind, mein zart Gemahl,
Schafft euch den ew'gen Freudensaal,
Da ihr mich Siechen bei euch laßt.
420 Wonach du mich gefraget hast,
Das künd' ich dir nun gerne.
Ich konnte zu Salerne
Nicht einen Meister finden,
Der sich konnt' unterwinden

425 Der Heilung, oder der es wollte;
Denn was mich retten sollte
Von meines Siechtums schwerer Pein,
Das sollt' ein solches Mittel sein,
Das hier auf Erden wohl kein Mann
430 Mit allem Gut gewinnen kann.
Kein andrer Rat ward mir erteilt,
Als daß mich eine Jungfrau heilt,
Im Herzensgrunde keusch und rein,
Und die bereit auch könnte sein,
435 Für mich den grimmen Tod zu leiden,
Sich tief ins Herz möcht' lassen schneiden;
Denn andres sei für mich nicht gut
Als einer Jungfrau Herzensblut.
Nun ist's unmöglich, daß ihr Leben
440 Ein Mädchen könnte für mich geben,
Für mich gern ginge in den Tod:
So muß ich Schmach und Qual und Not
Ertragen nun bis an mein Ende,
Das Gott mir bald in Gnaden sende!"
445   Was zu dem Vater er gesagt,
Das hörte auch die reine Magd;
Denn ihres Herren Füße
Hielt liebevoll die Süße
Gebettet sanft in ihren Schoß.
450 Man möchte, wähn' ich, zum Genoß
Dem reinen, kindlichen Gemüte
Gesellen nur der Engel Güte.
Sie gab auf seine Rede acht
Und hatte sie gar wohl bedacht.
455 Sie ließ sie tief ins Herze dringen,
Bis sie zur Nacht zur Ruhe gingen.
Als sie nun, wie sie immer pflag,
Zu ihrer Eltern Füßen lag,
Und bald das Elternpaar entschlief,
460 Da stiegen Seufzer, schwer und tief,
Aus ihrem frommen Herzen.
Um ihres Herren Schmerzen
Ward ihre Trauer ach so groß,
Daß bald den Schlafenden begoß

465 Ein Thränenstrom die Füße.
    So weckte sie die Süße.
    Und als sie merkten, wie ihr rannen
    Die Thränen, sorglich sie begannen
    Zu fragen sie, was ihr wohl wär'
470 Und welchen Kummer und Beschwer
    Sie hätte also still zu klagen.
    Sie aber wollt' es nimmer sagen.
    Doch als der Vater ernst und lang
    Mit Droh'n und Bitten in sie drang,
475 Daß sie's ihm sollte sagen,
    Sprach sie: „Ihr solltet mit mir klagen.
    Was könnte mehr wohl unser Herz
    Bekümmern als der bittre Schmerz
    Um unsern Herrn, so krank und bleich,
480 Daß wir ihn und in ihm zugleich
    Verlieren sollen Gut und Ehr'?
    Wir finden wahrlich nimmermehr
    Noch einen Herrn, so mild und gut,
    Der das uns thu', was er uns thut."
485 Sie sprachen: „Tochter, das ist wahr.
    Nur nützt uns leider nicht ein Haar
    Dein Klagen oder unser Schmerz.
    Davon heiß schweigen nur dein Herz.
    Uns ist's gewiß so leid wie dir.
490 Doch sieh, unmöglich können wir
    Noch etwas thun zu seinem Frommen.
    Gott hat ihn selber uns genommen:
    Hätt' anders jemand das gethan,
    Der müßte unsern Fluch empfah'n."
495 So sänftigten sie ihr die Sorgen,
    Doch unfroh blieb sie bis zum Morgen
    Und noch den ganzen andern Tag.
    Und wes man sonst auch um sie pflag:
    Es kam ihr nimmer aus dem Sinn,
500 Bis nachts sie wieder gingen hin
    Zu schlafen in gewohnter Weise.
    Und als sie sich gebettet leise
    Wie sonst an ihre Schlummerstatt,
    Da rüstet' sie ein zweites Bad

505 Mit ihrer Augen Thränenquell.¹)
Denn in der Seele Tiefen hell
Entsprang der Strom der größten Güte,
Die je von kindlichem Gemüte
Auf Erden ich vernommen.
510 Welch Kind war jemals so gesonnen?
Eins war's, das ihr am Herzen lag:
Erlebte morgen sie den Tag,
Sie wollte nicht verziehn, ihr Leben
Für ihren Herrn dahin zu geben.   —
515   In dem Gedanken ward's von Schmerz
Ihr wieder leicht und frei ums Herz.
Sie hatte keine Sorgen mehr.
Nur eine Furcht bedrückt' sie sehr,
Daß, wenn sie's ihrem Herren sagte,
520 Ihm nimmer solches Thun behagte,
Und wenn sie's allen drei'n gestände,
Sie nicht den Willen fände,
Daß man die Bitte ihr gewährte.
Drob faßt' sie neues Leides Härte,
525 Daß ganz wie in der vor'gen Nacht
Die Eltern beide aufgewacht.
Sie richteten sich auf zu ihr
Und sprachen: „Kind, was fehlet dir?
Du bist doch gar ein thöricht Kind,
530 Daß gar so schwer bedrückt dir sind
Herz, Sinn und Mut von einem Leid,
Dem nimmer Hülfe ist bereit.
Warum denn läßt du uns nicht schlafen?"
Sie fuhren fort, die Maid zu strafen:
535 Was hülfen ihr die Klagen,
Da niemand zu erfragen,
Der solcher Not ein Ende schafft'?
Sie kannten nicht des Willens Kraft,
Als sie des süßen Kindes Mund
540 Da hießen stille sein zur Stund.   —
So sprach darauf die süße Magd:
„Wie uns der Herr selbst hat gesagt,

---

¹) vgl. ähnliche Situationen und Bilder Parz. 113, 27 ff. (meine
Ausg. S. 17), 193, 16 ff. (S. 81).

Ist eine Hülfe ihm gewährt.
Fürwahr, wenn ihr mir's nicht verwehrt,
545　Bin ich für Arzenei ihm gut,
Bin eine Jungfrau, habe Mut:
Eh' ich ihn seh' verderben,
Will gern ich für ihn sterben."
Von solcher Rede ward das Paar
550　Im Herzen trüb und traurig gar.
Der Vater sprach: „Du bist ein Kind,
Mein Töchterlein, allzu geschwind
Rät dir dein Herz in diesen Dingen.
Du kannst es nimmermehr vollbringen,
555　Was du uns heute kund gethan.
Fremd blieb dir noch des Todes Bahn.
Wenn er dich trifft zur letzten Frist
Und wider ihn kein Rat mehr ist,
Und du mußt wirklich sterben:
560　Wahrhaftig, könntest du's erwerben,
Du lebtest gerne länger doch,
Denn niemals ward so leid dir noch.
Drum heiß' nun schweigen deinen Mund,
Und wird, merk' wohl, von dieser Stund
565　Ein Wörtlein fürder davon laut,
So geht es dir an deine Haut."
So wähnt' er sie bezwungen schon
Durch Bitten und durch hartes Drohn.
Allein er ward des Sieg's nicht froh,
570　Die Tochter gab ihm Antwort so:
„Einfältig, Vater, bin ich noch,
Ich habe den Verstand jedoch,
Daß ich die Klage um die Not
Erkenne, daß des Leibes Tod
575　Gewaltig ist und strenge.
Und wer auch Lebens Länge
Mit großer Arbeit sich erringt
Und auf ein hohes Alter bringt
Den Leib mit Sorg' und großer Not:
580　Erleiden muß er doch den Tod.
Ist ihm die Seele dann verloren,
So wär' er besser nie geboren.

Nun ist mir vorgesteckt ein Ziel,
Dafür ich Gott stets danken will:
585 Daß ich den jungen Leib darf geben
Dahin für's ew'ge, sel'ge Leben.
Nun wollt's mir nicht verleiden,
Ich will mir und euch beiden
Damit die größte Wohlthat thun.
590 Ich will allein vor Schaden nun
Und Leid euch wohl bewahren,
Das sollt ihr jetzt erfahren.
Ihr habet Ehr' und schönes Gut;
Das steht in meines Herren Hut,
595 Der niemals Leid euch angethan
Und Armut nimmer euch ließ nah'n.
So lang das Leben er behält,
Ist's wohl um eure Sach' bestellt.
Doch lassen wir ihn sterben,
600 So müssen wir verderben.
Sein Leben will ich uns denn fristen
Mit eines treuen Herzens Listen,
Will Heil und Rettung uns ersehn;
Drum gönnet mir's, es muß geschehn."
605 In Thränen sprach die Mutter da,
Als sie der Tochter Ernst ersah:
„Gedenke doch, mein liebes Kind,
Wie groß die Müh'n gewesen sind,
Die ich um dich erlitten schon.
610 Ach, laß mich finden bessern Lohn,
Als ich dich höre sprechen.
Du willst das Herz mir brechen!
Nun sänfte deine Rede, sieh,
Dein ew'ges Heil verwirkst du hie
615 An uns und sündigst wider Gott.
Gedenkst du wohl an sein Gebot?
Denn so gebot er hell und klar,
Daß wir den Eltern immerdar
Gehorchen hier auf Erden,
620 Dafür soll uns als Lohn dann werden
Im Himmel unsrer Seele Frieden
Und langes Leben auch hienieden.

Du jagst, du willst dein Leben
Für unjer beider Freude geben,
625   Und willst fürwahr uns beiden
Das Leben recht verleiden.
Denn daß dein Vater sowie ich
Gern leben, das geschieht um dich:
So sollst du, liebe Tochter mein,
630   Nun unsre ganze Freude jein.
Sei unsres Lebens schönste Blum'
Und deiner Sippe Stolz und Ruhm
Und unsrem Alter Stütz' und Stab.
Läßt du uns weinend an dein Grab
635   Hintreten durch selbsteigne Schuld,
So wirst du auch von Gottes Huld
In Ewigkeit dich scheiden:
Das wirbst du an uns beiden!"
„O Mutter, sprach sie, ich weiß wohl,
640   Wie ihr mir beide liebevoll
Die Güte spendet immer neu,
Die Mutterlieb' und Vatertreu'
Soll leisten ihrem Kinde;
Und immer neu empfinde
645   Ich täglich euren treuen Sinn.
Durch euch nur hab' ich, was ich bin,
Die Seel' und meinen schönen Leib.
Mich preisen alle, Mann und Weib,
Und alle, die mich je gesehn,
650   Die sprechen, eine Maid so schön
Als ich, sei nimmermehr auf Erden.
Wem sollte größrer Dank nun werden
Für solches Glück, als euch nächst Gott?
Drum will ich auch nach euerm Gebot
655   Mein Leben richten immerdar:
Das ist mir Recht und Pflicht fürwahr!
O Mutter, du gesegnet Weib,
Da ich die Seele und den Leib
Von euren Gnaden hab' allein,
660   Laßt's eurer Huld empfohlen sein,
Daß ich nun auch die beiden[1]

_____

1) Die Seele und den Leib.

Von Teufels List will scheiden
Und Gott mich ganz ergeben.
Es bringt doch dieses Erdenleben
665 Dem Seelenheile nur Verlust;
Auch hat bisher mich Freud' und Lust
Der Welt noch nicht berühret,
Die hin zur Hölle führet!
So will ich Dank dem Herren sagen,
670 Daß er in meinen jungen Tagen
Mir solchen Sinn ins Herz gegeben,
Daß ich dies kurze Erdenleben
So nichtig und geringe acht'!
Ich will so rein, wie ich gemacht,
675 Zurücke gehn in Gottes Gewalt.
Ich fürchte, sollt' ich werden alt,
Daß noch des Lebens Süße
Läßt straucheln meine Füße,
Wie sie so manchen angezogen,
680 Den solche Süße hat betrogen:
Wie leicht hätt' ich dann Gott entsagt!
Dem lieben Gott sei es geklagt,
Daß ich bis morgen leben soll.
In dieser Welt ist mir nicht wohl.
685 Ihr Leben ist nur Herzeleid,
So sprechen alle weisen Leut'.
Ihr süßer Lohn ist bittre Not,
Ihr langes Leben jäher Tod.
Wir haben nichts Gewisses je,
690 Als heute Wohl und morgen Weh,
Und immer kommt zuletzt der Tod:
Das ist die jämmerlichste Not.
Es schirmt uns nicht Geburt noch Gut,
Nicht Schönheit, Stärk', noch hoher Mut,
695 Es frommt nicht Jugend uns noch Ehr'
Im Angesicht des Todes mehr
Als Niedrigkeit und groß' Untugend.
Uns ist das Leben, ist die Jugend
Ein Übel nur und nicht'ger Staub
700 Und unsre Kraft ein ziternd Laub.
Der ist doch ein gar dummer Gauch,

Der gern erstrebt, was doch nur Rauch,
Und der, es sei Weib oder Mann,
Dies eine nicht vermeiden kann,
705 Daß er der Welt Gefolgsmann ist.
Es ist uns über faulen Mist
Ein Teppich hier ja nur gebreitet,
Und wen der helle Schein verleitet,
Der ist zur Hölle schon geboren
710 Und hat geringres nicht verloren
Als beides, Seele und den Leib.
O Mutter, gottbegnadet Weib,
Gedenkt der mütterlichen Treue.
Laßt ihr die Trauer nicht aufs neue
715 Das Herz bethören euch um mich,
Bedenkt auch wohl der Vater sich.
Für alle Liebe ich ihn preise,
Doch ist der Gute auch so weise,
Daß er gar wohl erkennt, daß ihr'
720 Doch nicht gar lange noch mit mir
In Freude könnt des Lebens walten,
Möcht' ich das Leben auch behalten.
Denn blieb noch unvermählt ich gleich
Zwei Jahre oder drei bei euch,
725 So ist gewiß mein Herr schon tot,
Und ihr kommt leicht in solche Not,
Daß ihr in Sorgen und Elend
Mir Heiratsgut nicht spenden könnt
Und einem Mann mich nicht könnt geben:
730 So muß ich so verlassen leben,
Daß ich viel lieber wäre tot.
Fern bleibe von uns solche Not!
Nichts soll mehr unser Glück vertreiben,
Der liebe Herr soll unser bleiben
735 Und noch so lange bei uns leben,
Bis man mich einem Mann gegeben,
Der reich ist und auch meiner wert.
Dann ist erfüllt, was ihr begehrt;
Und glaubt, daß mir es wohl behagt,
740 Wie mir's das Herz schon lang gesagt.
Wird er mir lieb, so schafft es Not,

Wird er mir leid, so bringt's den Tod.
Denn immer trage ich dann Leid
Und bin für Zeit und Ewigkeit
745 Von allem Glück geschieden
Durch alles, was hienieden
Des Weibes Glück zerstöret
Und ihm die Freude wehret.
Nun sorgt, daß künftig mir beschert
750 Ein Glück sei, das sich nie verzehrt.
Mich wirbt ein freier Bauersmann,
Und gern gehörte ich ihm an.
Dem sollt ihr mich zum Weibe geben,
So ist gar wohl bestellt mein Leben.
755 Ihm grünen üppig stets die Saaten,
Sein Hof ist ihm so wohlberaten,
Ihm stirbt auch weder Roß noch Rind,
Ihn müht auch nicht ein weinend Kind.
Bei ihm ist's nie zu heiß, zu kalt,
760 Da machen Jahre niemand alt,
Da wird der Alte wie ein Junger,
Da giebt es weder Frost noch Hunger.
Da kennt kein Leid man, keinen Schmerz,
Die Freude nur erfüllt das Herz.
765 Zu diesem Manne will ich ziehn.
Aus solchem Hause muß ich fliehn,
Das Feuer frißt und Hagel schlägt,
Die wilde Flut von dannen trägt,
In dem man ringt und immer rang.
770 Was man dran wirkte Jahre lang,
Nimmt oft hinweg ein halber Tag,
So viel man sich auch mühen mag.
Verlassen will ich solches Haus,
Verwünscht sei all der Schreck und Graus!
775 Gönnt ihr mir Gutes nun und Ehren,
So laßt mich wiederkehren
Zu unserm Herren Jesus Christ,
Des Gnade also mächtig ist,
Daß nimmer sie vergehen kann;
780 Und auch mir Armen trägt sie an
So große Lieb und treuen Sinn

Wie einer reichen Königin.
Ich will gewiß durch eigne Schuld
Aus eurer viel getreuen Huld
785 Niemals mich reißen, will es Gott.
Es ist sein Will' und sein Gebot,
Daß ich euch bleibe unterthan,
Durch die das Leben ich empfahn.
Das leist' ich wahrlich ohne Reue,
790 Doch darf ich auch die Treue
Nicht an mir selber brechen.
Denn also hört' ich sprechen:
Wer andern Menschen dienet so,
Daß er noch selber wird unfroh,
795 Und wer den andern krönet
Und selbst dabei sich höhnet,
Der hat der Treu' ein Teil zuviel.
So gern ich euch auch folgen will
Und alle Treu' euch leiste,
800 Schuld' ich doch selber mir das meiste.
Und wollt ihr nehmen mir mein Heil,
So müsset ihr vielleicht ein Teil
Noch mehr in Sorgen um mich weinen.
Ich möchte untreu nicht erscheinen
805 An dem, was ich mir schuldig bin.
Ich sehne ewig mich dahin,
Wo Freuden sich nicht mindern.
Freut euch an euren Kindern,
Den andern, die euch Gott geschenkt:
810 Um mich nicht weiter euch bedenkt.
Denn niemand hindert mich, durch Sterben
Dem Herrn und mir Heil zu erwerben.
Lieb Mutter, jüngst noch klagtest du
Und sprachst, du findest nimmer Ruh,
815 Sollt'st du an meinem Grabe stehn.
Nun sieh, das soll auch nicht geschehn.
Du stehst an meinem Grabe nimmer,
Denn wo ich scheiden soll für immer,
Dahin läßt man dich doch nicht gehn,
820 Denn es muß zu Salern geschehn.

Vom Tode einst genesen wir,
Und ich weit besser noch als ihr!"[1]
       Als sie nun sahen, wie das Kind
Dem Tod zustrebte so geschwind,
825   Und weisheitsvoll zu ihnen sprach
Und menschlich Recht so ganz zerbrach,
Da ward es ihnen bald bekannt,
Daß solche Weisheit und Verstand
Doch nimmer könnt' in Kindermund
830   Verkünden eine Zung' zur Stund.
Sie sprachen: Seht, der heil'ge Geist
Ist's, der sie also reden heißt,
Der in St. Nicolaus sich regte,
Als man ihn in die Wiege legte
835   Und ihn die Weisheit lehrte,
Daß er zu Gott sich kehrte
In kindlich reiner Herzensgüte.[2]
So dachten sie auch im Gemüte,
Daß sie sie nimmer wollten
840   Und nimmer wenden sollten
Von dem, was sie sich vorgenommen:
Ihr sei solch Wille von Gott gekommen.
       Vor Jammer ward ganz kalt ihr Leib,
Als jetzt der Meier und sein Weib
845   An ihrem Bette saßen
Und ganz und gar vergaßen
Ob ihres Kindes Minne
Des Redens und der Sinne.
Sie konnten nicht ein Wort mehr sprechen,
850   Die Mutter fühlt' ihr Herze brechen.
So saßen traurig sie die Nacht,
Bis sie am Ende sich bedacht,
Wozu das Trauern diene;
Da es unmöglich schiene,

---

1) Ordne übersichtlich die Gründe, welche das Mädchen für ihren
Entschluß anführt. Welche Einwände müssen wir gegen diese Rede eines
Kindes machen? Hat der Dichter solche selbst gefühlt? S. V. 827 ff.
   2) Anspielung auf die Legende vom heil. Nikolaus, daß er schon
als Säugling Enthaltsamkeit geübt habe, indem er nur einmal in der
Woche Nahrung verlangte.

855 Ihr Mut und Willen zu erschüttern,
So sprachen sie mit Zittern,
Das Beste sei's, daß sie's ihr gönnten,
Da sie doch nimmer könnten
Das Mägdlein schöner sterben sehn.
860 Und willig kam's aus beider Munde,
Daß froh sie wären dieser Stunde.
Da freute sich die reine Magd
Und eilte, da es kaum getagt,
Zur Kammer, wo ihr Herr noch schlief.
865 Sein traut Gemahl ihn fröhlich rief
Und sprach zu ihm: „Herr, schlafet ihr?"
„Nein, klein Gemahl, doch sage mir,
Wie kommst du zu so früher Zeit?"
„Ach, Herr, mich zwingt die Traurigkeit
870 Um euer Wohl zu jeder Frist."
Er sprach: „Gemahl, wie leid dir ist
Mein Siechtum, zeigst du täglich mir,
Gott lohne deine Liebe dir;
Doch Hilfe giebt es nicht auf Erden."
875 „O wahrlich, euch soll Hilfe werden,
Mein lieber Herr, nun laßt euch sagen,
Da ihr so sehr nicht seid geschlagen,
Daß niemand euch mehr helfen mag,
So will ich säumen keinen Tag.
880 Ihr habt uns, Herr, doch selbst gesagt,
Wenn sich nur fände eine Magd,
Die gern für euch den Tod erlitt,
Ihr würdet wohl erlöst damit.
Die will ich, weiß Gott, selber werden:
885 Ihr seid mehr wert als ich auf Erden."
Ihr dankte da der edle Herr
Für ihren guten Willen sehr.
Bald fühlt' die Augen er im Stillen
Vor Rührung sich mit Thränen füllen.
890 Er sprach: „Gemahl, es ist der Tod
Nicht eine gar so sanfte Not,
Als du vielleicht dir hast gedacht.
Du hast den Glauben mir gebracht:
Vermöchtest du's, du hülfest mir.

895 Und das genügt mir schon von dir!
Ich sehe deinen holden Sinn,
Dein Will' ist rein, dein Wunsch so kühn,
Mehr will ich nicht von dir begehren:
Du kannst mir nimmer das gewähren,
900 Davon du jetzt gesprochen leicht.
Die Treue, die du mir erzeigt,
Die lohne dir der ew'ge Gott.
Das würde wohl der Leute Spott,
Wollt' ich für diese Krankheit noch
905 Gebrauchen Arzenei, da doch
Nichts anders könnte mehr geschehn,
Als wie es soll und muß ergehn.
Gemahl, du handelst wie ein Kind,
Die allzu rasches Mutes sind:
910 Was ihnen kommt in ihren Sinn,
Bringt's Schaden, oder bringt's Gewinn,
Danach steht immer ihr Begehr;
Dann aber reut sie's oft gar schwer.
Gemahl, dein Thun ist Kinderspiel:
915 Du redest, wie dein Herz es will.
Wenn's jemand von dir fordern wollte
Und man's zu Ende bringen sollte,
Es reute dich gewißlich doch."
So möchte sie sich besser noch
920 Bedenken, bat er herzlich sie:
„Und deiner Eltern Liebesmüh'
Vermag ihr Kind nicht zu entbehren;
Ich darf nicht Leid für sie begehren,
Die so viel Liebes an mir thaten.
925 Was sie dir beide raten,
Mein lieb Gemahl, das, bitt' ich, thu."
Und damit lächelt' er in Ruh,
Denn wenig er sich des versah,
Was später dennoch hier geschah.
930 So sprach er zu der Trauten.
Die Eltern aber schauten
Ihn an und sprachen: „Lieber Herr,
Ihr habt uns allezeit so sehr
Geliebet und geehret:

3*

935 Wir wären schlecht belehret,
Vergälten wir's mit unserm Gut
Euch nicht. Nun will das Kind sein Blut
Für euch hingeben, unsern Herrn,
Und wir gewähren's ihr auch gern.
940 Heut ist es nun der dritte Tag,
Daß sie in Thränen vor uns lag,
Wir sollten ihr den Wunsch erfüllen:
Nun hat sie endlich ihren Willen.
Gott helfe euch zu bessern Tagen
945 Durch sie, der wir für euch entsagen."
    Da sein Gemahl ihm ihren Tod
Für seine Krankheit willig bot
Und ihren Ernst man klar ersah,
Groß Ungemach erhob sich da
950 Mit kläglicher Gebärde.
Gar traurige Beschwerde
Und Schmerzen drangen auf sie ein,
Den kranken Herren mit den Drein.
Der Vater und die Mutter, ach,
955 Erhoben um sie laute Klag'.
Sie hatten wohl das Weinen not
Um ihres lieben Kindes Tod,
Auch mußt' bedenken stets aufs neu'
Der Herr die große Kindestreu'.
960 So griff auch ihn die Rührung an,
Daß laut zu weinen er begann
Und Zweifel ihm das Herz ließ schlagen,
Ob er's müßt' lassen oder wagen.
Es weint' in Sorgen auch die Magd:
965 Sie wähnt', er wäre dran verzagt.
Sie waren aller Freuden bar,
Um Trost war ihnen bange gar.
    Endlich ermannte sich der Herr.
Der arme Heinrich seufzte schwer
970 Und dankt' aus innerstem Gemüte
Den Drei'n für ihre Treu' und Güte.
Die Jungfrau aber ward gar froh,
Daß ihm das Herz sich wandte so.
Er sprach, er wollt' ihr folgen gern

975 Und rüstete sich gen Salern.
Der Jungfrau aber ward bereitet,
Was würdig sie dahin geleitet:
Die schönsten Rosse, Kleider reich
Von Sammt und Hermelin, zugleich
980 Der beste Zobel, den man fand,
Das ward des Kindes Festgewand.
Wer könnt' es wohl aussagen,
Das Herzeleid und Klagen,
Der Mutter grimme Schmerzen,
985 Die Not im Vaterherzen?
Das war den Eltern beiden
Ein allzu bittres Scheiden,
Da sie ihr liebes Kind zur Stund
Hinsenden mußten noch gesund
990 Auf ewig in den grimmen Tod.
Und doch besänftigt' ihre Not
Die reine Gottesgüte,
Durch die auch dem Gemüte
Der jungen Maid der Wille kam,
995 Daß sie den Tod gern auf sich nahm.
Da alles ohn' ihr Thun gekommen,
So ward von ihnen auch genommen
Der Klagen und des Jammers Schwere.
Ein Wunder sonst gewesen wäre,
1000 Daß ihnen nicht das Herze brach.
Zur Freude ward ihr Ungemach,
Daß fürderhin sie keine Not
Mehr litten um des Kindes Tod.
So fuhr denn nach der Stadt Salern
1005 Die treue Magd mit ihrem Herrn.
Es trübt des Herzens Fröhlichkeit
Nichts mehr, als daß der Weg so weit,
Daß ihr so lang das Licht noch schien.
Und als er sie gebracht dahin,
1010 Wo er den Meister wohlbekannt,
Wie er gedachte, wiederfand,
Ward's dem gar fröhlich angesagt,
Gefunden wäre jetzt die Magd,
Die einst er ihm gewinnen hieß.

1015 Zugleich er ihn sie sehen ließ.
Den däuchte das unglaublich schier.
Er sprach: „Mein Kind, und hast du dir
Solch Willen wohl auch klar gemacht?
Wie? hat zu dem Entschluß gebracht
1020 Dich Wunsch und Drohen deines Herrn?"
Die Jungfrau sprach, sie thu' es gern:
Aus ihrem eignen Herzen sei
Der Wunsch gekommen, frank und frei.
Groß Wunder däucht' ihn das, und fern
1025 Nahm er besonders sie vom Herrn
Und fragt' sie auf die Seligkeit,
Ob nicht ihr Herr in seinem Leid
Solch Reden hätt' ihr aufgedroht.
Dann sprach er: „Kind, es ist dir not,
1030 Daß du dich mehr noch kümmerst drum,
Was dir bevorsteht — hör', warum
Wenn du den Tod nun leiden mußt
Und nicht von Herzen gern es thust,
So ist dein junges Leben hin
1035 Und bringt doch keinen Deut Gewinn.
Verschließ' vor mir nicht deinen Mund:
Was dir geschieht, thu' ich dir kund.
Ich muß dich ausziehn, nackt und bloß;
Da wird die Pein der Scham dir groß.
1040 Ich binde dich an Bein und Armen:
Fühlst du mit deinem Leib Erbarmen,
Bedenke, Mädchen, diese Schmerzen!
Ich schneide dich bis tief zum Herzen
Und reiß' es lebend noch aus dir.
1045 Nun, Mädchen, sprich und sage mir,
Wie es mit deinem Mute steh';
Geschah doch keinem Kind so weh,
Als dir von mir nun muß geschehen.
Daß ich es thun muß und es sehen,
1050 Das macht mir Angst und Not genug.
Bedenk' nun selber bei dir klug:
Gereut dich's auch nur Haares breit,
So hab' ich meine Arbeit
Und du den jungen Leib verloren."

1055 So ward um alles sie beschworen,
Daß fern sie bleibe solcher Pflicht,
Wär' felsenfest ihr Wille nicht.
Die Jungfrau aber lachend sprach,
Da sie erfuhr, daß an dem Tag
1060 Ihr helfen sollte noch der Tod
Aus aller Welt- und Erdennot:
„Gott lohn' euch, lieber Herr, daß ihr
So ganz und gar und treulich mir
Die volle Wahrheit habt gesagt.
1065 Nun bin ich wahrlich doch verzagt:
Ein Zweifel mir das Herz erregt;
Euch sei's geklagt, was mich bewegt.
Mir bangt jetzt, unser Unternehmen
Möcht' euer zager Mut noch lähmen,
1070 Daß es gar unterbleibe!
Eu'r Reden ziemte einem Weibe.
Ihr seid des Hasen Spielgenoß
Und eure Angst ist viel zu groß
Um mich, daß ich nun sterben soll.
1075 Wahrhaftig, Herr, ihr thut nicht wohl
Bei eurer großen Meisterschaft.
Ich bin ein Weib, doch hab' ich Kraft:
Wagt ihr nur mich zu schneiden,
Ich wag' es wohl, zu leiden.
1080 Die Angst und bittre Todesqual,
Davon ihr mir erzählt zumal,
Die hab' ich wohl von euch vernommen;
Doch wär' ich wahrlich nicht gekommen,
Wüßt' ich so fest nicht meinen Mut,
1085 Daß ich vergießen könnt' mein Blut
Und alle Leiden gern erdulden.
Mir ist von euren Hulden
Die bleiche Farbe ganz genommen
Und also fester Mut gekommen,
1090 Daß ich nicht ängstlicher hier steh',
Als wenn ich froh zum Tanze geh'.
Die Not kann doch so groß nicht sein,
Die einen Tag nur währt; ich mein',
Daß ich für's ew'ge Leben

1095 Den einen Tag wohl könnte geben.
Euch kann an meinem festen Willen
Kein Zweifel mehr das Herz erfüllen.
Könnt ihr dem Herrn Gesundheit geben
Und mir zugleich das ew'ge Leben,
1100 Um Gotteswillen, thut's beizeit.
Laßt sehn, ob ihr ein Meister seid.
Ihr sollt noch reizen mich dazu.
Ich weiß es wohl, um wen ich's thu'.
In dessen Namen es geschieht,
1105 Der unsre guten Dienste sieht
Und läßt sie ungelohnet nicht.
Ich weiß wohl, daß er selber spricht,
Wer große Dienste leiste,
Des Lohn sei auch der meiste.
1110 Drum halt' ich diesen grimmen Tod
Auch nur für eine süße Not
Um solch gewissen Himmelslohn.
Ließ' ich die reiche Himmelskron',
So wär' zu thöricht doch mein Sinn,
1115 Da ich so arm geboren bin."[1]
    Nun sah er, daß unwandelbar
Und ohne Reu' ihr Wille war.
Noch einmal führt' er sie sodann
Hin zu dem armen siechen Mann
1120 Und sprach zu ihrem Herren:
„Dem Zweifel laßt uns wehren,
Zum Werke sei die Magd nicht gut!
Nun habt Vertrau'n und guten Mut.
Ich mache bald euch ganz gesund."
1125 Hin führt' der Meister sie zur Stund
In sein geheimes Arbeitszimmer,
Damit ihr Herr es sähe nimmer,
Verschloß vor ihm sogleich die Thür
Und warf noch einen Riegel für:
1130 Er wollte nicht, daß er es seh',
Wie's nun mit ihr zu Ende geh'.

---

1) Da ich auf Erden nichts zu erwarten habe, so wäre es thöricht, auch den himmlischen Reichtum aufzugeben.

In einer Kemenaten,
Die er gar wohl beraten
Mit Arzenein für jung und alt,
1135 Hieß er die Jungfrau alsobald
Vom Leibe ziehn der Kleider Zier.
Drob ward sie froh und fröhlich schier.
Sie riß die Näte gleich entzwei
Und war bald ihrer Kleider frei.
1140 Als sie der Meister nun ansah,
In seinem Herzen fühlt' er da,
Wie sehr ihn dauerte die Maid,
Daß Herz und Mut vor Traurigkeit
Ihm beinah wären noch verzagt.
1145 Da sah die gute, reine Magd
Gar einen hohen Tisch da stehn,
Auf den hieß sie der Meister gehn.
Alsbald er fest darauf sie band
Und nahm ein Messer in die Hand,
1150 Das nahe lag, gar lang und scharf,
Des man für solches Werk bedarf.
So guten Stahl das Messer trug,
Dem Meister war's nicht scharf genug.
Ihn jammerte die große Not;
1155 Er wollt' ihr lindern noch den Tod.
Nun lag ein guter Wetzstein auch
Ganz nahe bei, wie noch der Brauch.
Auf dem hub jetzt zu streichen an
Gar langsam der bedrückte Mann.
1160 Das Wetzen aber hörte,
Der ihre Freude störte,
Der arme Heinrich vor der Thür.
Und als das Wetzen drang herfür,
Da klagt' und trauert' er gar sehr,
1165 Daß er das Mägdlein nimmermehr
Lebendig sollte sehen.
Er hub zu suchen an und spähen,
Bis endlich in der dünnen Wand
Sein Aug' ein kleines Löchlein fand.
1170 Da sah er durch den schmalen Spalt
Sie auf dem Tisch gebunden bald.

Sie war so hold, so jung und schön:
Da mußt' er reuig sich ansehn,
Und anders ward ihm da zu Mut.

1175 Ihn däucht', es sei wohl nimmer gut,
Wie ihm bisher das Herz gesinnt.
Und so verwandelt' er geschwind
Den alten eigensücht'gen Sinn
Und gab sich neuem Fühlen hin.

1180 Er sprach: „Das war unklug Beginnen,
Daß wider den in trotz'gen Sinnen
Du leben wolltest einen Tag,
Dem niemand doch entrinnen mag.
Du weißt fürwahr nicht, was du thust,

1185 Da du doch einmal sterben mußt,
Daß du dies jammervolle Leben,
Das Gott allein dir hat gegeben,
Nicht willig willst zu Ende tragen,
Zumal du sicher nicht kannst sagen,

1190 Ob dich erlöst des Kindes Tod.
Was dir beschert der liebe Gott,
Das laß dir alles auch geschehn.
Ich will des Kindes Tod nicht sehn!"
Sogleich war der Entschluß gefaßt.

1195 Er pochte an die Wand mit Hast
Und bat: „Laßt mich sogleich hinein!"
Der Meister sprach: „Das kann nicht sein,
Mir fehlt die Muße jetzt dazu,
Daß ich euch auf die Thüre thu'."

1200 „Nein, Meister, höret nur ein Wort!"
„Wie kann ich? Wartet ruhig dort,
Bis es geschehn." „Ach, Meister, nein,
Hört mich, es muß vor dem noch sein!"
„Nun sagt mir's denn durch diese Wand!"

1205 „Ach nein, so ist es nicht bewandt."
Da öffnet' endlich er die Thür.
Der arme Heinrich trat herfür,
Wo sein Gemahl gebunden lag.
Zum Meister alsobald er sprach:

1210 „Dies Mägdlein ist so wonniglich,
Wahrhaftig, nimmermehr kann ich

Ihr jämmerliches Ende sehn.
Des Ew'gen Wille soll geschehn.
Heißt sie vom Tische sich erheben:
1215 Das Silber will ich gern euch geben,
Das ich euch bot für eure Müh'.
Nur laßt, ich bitt', am Leben sie!"
Als nun die edle Maid gewahrt,
Daß ihr das Sterben sei erspart,
1220 Da traf ihr Leid des Herzens Mitte.
Sie brach all' ihre Zucht und Sitte:
Sie jammerte und raufte sich,
Ihr Anblick war so jämmerlich,
Daß niemand sie wohl angeschaut,
1225 Der nicht mit ihr geweinet laut.
Gar bitterlich sie schrie und sprach:
„O weh mir Armen, weh und ach!
Wie soll es mir ergehen,
Muß ich verloren sehen
1230 Die reiche Himmelskrone?
Die wäre mir zum Lohne
Verlieh'n um diese kurze Not.
Nun bin ich erst in Wahrheit tot.
O weh, gewalt'ger Herre Christ,
1235 Welch' Ehre uns genommen ist,
Dem Herren mein, dazu auch mir!
Ach, er verliert und ich verlier'
Die Ehren, die uns zugedacht.
Denn wäre dieses Werk vollbracht,
1240 Wär' er erlöst von seiner Pein,
Und ich dürft' ewig selig sein!"
So bat und fleht' sie um den Tod.
Nie macht' die Furcht ihr solche Not,
Daß sie vergeblich bäte.
1245 Und als sie merkt', daß niemand thäte
Nach ihrem Wunsch, erging ein Schelten.
Sie sprach: „Ich muß entgelten,
Daß furchtsam ist mein Herr und zage.
Es ist wohl eine falsche Sage,
1250 Ihr wäret tapfer, treu und gut
Und hättet festen Mannesmut.

Gott helfe mir, das ist gelogen,
Die Welt ist ganz an euch betrogen!
Ihr wart es alle eure Tage
1255 Und seid auch noch ein rechter Zage.
Das merk' ich dabei wohl genau,
Daß ich zu leiden mich getrau',
Was ihr euch scheut zu dulden.
Was mocht es denn verschulden,
1260 Daß ihr erschrakt, als man mich band?
Es war doch eine dicke Wand
Noch mitten zwischen euch und mir?
Ach, lieber Herr, so könnet ihr
Nicht einen fremden Tod ertragen?
1265 So muß ich kund euch thun und sagen,
Daß niemand mehr für euch was thut,
Es sei euch noch so nütz und gut!"
So viel sie auch verwünscht' und ,bat
Und manchen bösen Fluch auch that,
1270 Es wollt' nach Wunsch sich nicht gestalten,
Sie mußt' ihr Leben doch behalten.
Und wie das Schelten auch erging,
Der arme Heinrich es empfing,
Wie es ein guter Ritter soll,
1275 Der Zucht und edler Sitte voll.
Und als der gnadenlose Mann
Mit neuen Kleidern angethan
Die Maid und auch den Arzt bedacht,
Wie zwischen ihnen ausgemacht,
1280 Da fuhr er schnell ins Heimatland.
Und was er klar zuvor erkannt,
Daß er von dieser Stunde
Aus aller Leute Munde
Nichts hören werd' als Hohn und Spott,
1285 Das stellt' anheim er seinem Gott.
Nun hatte sich die gute Magd
Verweint so sehr und so verklagt,
Daß sie ganz nahe war dem Tod.
Da sah die Treu und auch die Not,
1290 Der aller Menschen Herzen kennt,
Vor dem kein Herz sich sicher wähnt,

Kein Herzensthor verschlossen ist.
Durch solche gnadenreiche List
Wollt' er versuchen nur das Paar,
1295 Wie's Hiob auch ergangen war.
Da zeigte unser heil'ger Christ,
Wie lieb ihm das Erbarmen ist,[1]
Und schied sie alle beide
Von allem ihrem Leide
1300 Und macht' den Herrn von dieser Stund'
Ganz rein und wieder ganz gesund.
    Herr Heinrich ward auf seinem Wege
Durch unsres Herrgotts eigne Pflege
So schön und war so ganz genesen,
1305 Daß er nicht blühender gewesen
Vor mehr als zwanzig Jahren.
Da sie so glücklich waren,
Entbot er in sein Heimatland
All denen, die er dort gekannt,
1310 Was ihm von Gottes großer Güte
Geschehn, daß sie auch im Gemüte
Des Glücks sich freuten und ihn priesen,
Der solche Gnade ihm erwiesen.
    Die von der Heimkehr jetzt vernahmen,
1315 Die besten seiner Freunde kamen
Ihn festlich zu empfangen
Geritten und gegangen
Entgegen ihm wohl bei drei Tagen.
Sie glaubten keinem Hörensagen,
1320 Bis ihre eignen Augen sah'n
Die Wunder, die heimlich geschah'n
Durch Gott an seinem schönen Leibe.
    Vom Meier und seinem Weibe
Wird jedermann wohl glauben,
1325 Will er ihr Recht nicht rauben
Daß sie daheim nicht blieben.
Sie ist noch nie beschrieben,
Die Freude, die sie hatten,

---

[1] Selig sind die Barmherzigen, denn sie werden Barmherzigkeit
erlangen. Matth. 5, 7.

Und wie sie Gott beraten
1330 Mit holder Augenweide:
Die gaben ihnen beide,
Ihr liebes Kind mit ihrem Herrn.
Als sie die sahen nun von fern,
Daß sie gesund und blühend waren,
1335 Da wußten sie nicht, wie gebahren.
Ihr Gruß ward ihnen gar erschwert
Von seltnen Sitten, wie ich hört':
Ihr herzlich Lieben war so groß,
Daß auf ihr frohes Lachen floß
1340 Ein Regen aus den Augen.
Was sollt' mir Lügen taugen?
Ihr Töchterlein sie küßten doch
Wohl etwas mehr als drei Mal noch.
Auch grüßten sie die Schwaben
1345 Mit reichen Freudengaben:
Aus warmem Herzen kam ihr Gruß.
Gott weiß, den lieben Schwaben muß
Ein jeder Brave zugestehn,
Der sie daheim bei sich gesehn,
1350 Daß bessrer Wille nirgends war.
Wie seiner Landsleut' biedre Schar
Bei seiner Heimfahrt ihn empfangen
Und wie es ihm danach ergangen,
Was soll ich davon sagen mehr?
1355 Er ward viel reicher denn vorher
An Güte und an Ehren.
Und froh sah man ihn kehren
Sein ganzes Herz zu seinem Gott.
Gar emsig that er sein Gebot,
1360 Viel besser, als er vordem that.
Drob ehrt man ihn noch früh und spat.
Der Meier und die Meierin,
Die hatten auch gewiß um ihn
Verdient viel Ehr' und reiches Gut.
1365 Bei seinem treuen Edelmut
Am besten ihre Sache stand.
Er schenkte ihnen all das Land,
Das weite Waldgereute,

Den Boden und die Leute,
1370 Wo er als Siecher einst gelegen.
Da konnt' sein klein Gemahl er pflegen
Mit reiner Güt' in guter Ruh'
Und aller Herzlichkeit dazu,
Wie seine Gattin und noch mehr.
1375 So wollt' es seine Pflicht und Ehr'.
Doch bald begannen ihm die Weisen
Zu raten und ihm anzupreisen
Heirat und ehelichen Bund,
Doch ward kein ein'ger Rat ihm kund.
1380 Da sagt' er ihnen sein Begehren.
Er wollte, wollten sie's nicht wehren,
Ringsum nach seinen Freunden senden,[1]
Die Sach' mit ihnen zu beenden,
Wozu sie ihm auch rieten.
1385 So hieß er bitten und entbieten
Von allenthalben gute Freund',
Und als er alle sie vereint,
Da that er seine Rede kund.
Sie sprachen all' aus einem Mund:
1390 Es wäre recht und an der Zeit.
Doch hub sich noch ein großer Streit;
Ein jeder wollt' beraten ihn,
Und der riet her und der riet hin,
Wie stets die Leute thaten,
1395 Die jemand sollten raten.
Daß solcher Rat sehr mißlich war,
War bald dem armen Heinrich klar.
Er sprach: „Euch ist wohl allen kund,
Daß ich noch beinah bis zur Stund
1400 Wohl jedermann zuwider war,
Ein Spott der Leute ganz und gar!
Jetzt scheut mich weder Mann noch Weib!
Denn wieder gab gesunden Leib
Mir unsres Gottes Machtgebot.

---

1) Die Heirat war öffentliche Angelegenheit, bei welcher die Man-
nen gehört und ev. um ihren Beistand gebeten werden mußten. Vgl.
Nibel. 49. 1083 u. a. Kudr. 8. 210 ff. u. a.

1405 Nun ratet alle mir, bei Gott,
Der solche Huld gewähret mir,
Was ich ihm schuldig bin dafür.“
    Sie sprachen: „Ernstlich wollt bedenken,
Ihm alles, Gut und Blut, zu schenken,
1410 Mit Leib und Seel' ihm stets zu dienen.“
Sein traut Gemahl stand nah bei ihnen,
Die sah er freundlich an und nahm
Sie in die Arme wonnesam
Und sprach: „Euch ist wohl angesagt,
1415 Daß mir durch diese gute Magd,
Die ihr hier bei mir sehet stehn,
Heil und Erlösung ist geschehn.
Sie ist so frei,[1] als ich es bin.
So rät mir denn mein Herz und Sinn,
1420 Daß ich sie mir zum Weibe wähle,
Will's Gott, zum Heil für Leib und Seele.
Zum Weib denn will ich sie allein.
Und, wahrlich, wenn das nicht kann sein,
So will ich sterben ohne Weib,
1425 Weil sie allein mir Ehr' und Leib
Erlöset hat aus großem Schaden.
Bei unsres Herren Huld und Gnaden
Bitt' ich euch darum alle,
Daß es euch wohl gefalle.“
1430 Und alle sprachen, arm und reich,
Gar froh aus einem Munde gleich,
Es wäre ganz nach Recht und Fug.
Da waren Pfaffen auch genug,
Die sie zum Weib ihm gaben bald.
1435 Sie lebten lang und wurden alt
Und fuhren endlich auch zugleich
Ins ew'ge, sel'ge Himmelreich.
So mög' es auch uns allen
Zuletzt im Himmel wohlgefallen:
1440 Zum Lohn, den sie bekamen,
Woll' Gott uns gnädig helfen. Amen!

---

1) S. V. 1368 ff. Der freie Bauer war ebenbürtiger als der die=
nende Ritter. Vgl. Ivo und Frida in Freitags „Brüdern v. d. H.“

sie mit List gelockt werden, will Erek nicht verweilen, und weiter geht es auf der Fahrt zu neuen Abenteuern und Heldenthaten. Viele Wunden hatte sich Erek schon geholt, und immer war er unter Enites aufopfernder, liebevoller Pflege wieder geheilt. Da brachen eines Tages infolge eines gewaltigen Kampfes die alten Wunden wieder auf, und er stürzte ohnmächtig zu Boden. Enite glaubte, er sei tot und wollte sich vor Verzweiflung in das Schwert ihres Gatten stürzen. Da erschien ein Ritter, der Graf von Limors, der sie daran verhinderte und sie selbst zum Weibe begehrte. Neue Prüfungen und Bewährungen ihrer Treue standen ihr nun bevor. Der Graf führte sie und den vermeintlich toten Erek in seine Burg und rüstete dort mit dem feierlichen Leichenbegängnis für Erek zugleich die Hochzeit für sich und Enite. Als diese erklärte, nicht von der Bahre ihres Gemahls weichen zu wollen, schleppte sie der Graf mit Gewalt und unter rohen Mißhandlungen zur Hochzeitstafel. Ihr Jammergeschrei erfüllte die Burg, und siehe — unter diesen Klagen erwachte Erek, sprang von der Bahre auf, erschien plötzlich im Leichentuche unter den Tischgenossen, ergriff das erste beste Schwert und stach den Grafen samt seiner nächsten Umgebung nieder. Die andern ergriffen die Flucht. Noch in derselben Nacht verließ Erek mit seiner treuen wiedergewonnenen Enite die Burg. Unterwegs erzählte sie ihm alles, was während seines Scheintodes geschehen war, und nun mußte er sich seiner Hartherzigkeit und seines Mißtrauens schämen. Er bat sie demütig um Vergebung, und so kehrten sie in neuer, reinerer und festerer Vereinigung, in Liebe, Geduld, Treue und Tapferkeit bewährt, in ihre Heimat zurück und lebten bis an ihr Ende in ungetrübter Freude.

Meier Helmbrecht

von

Wernher dem Gärtner.

Einleitung.

Wernher der Gärtner, welcher sich als Verfasser der folgenden Erzählung von dem übermütigen Bauernsohne Helmbrecht nennt (s. V. 1815), ist sonst in der Litteratur des 13. Jahrhunderts nicht bekannt, ja, mit Sicherheit ist eben nichts von ihm als der Name festzustellen. Von seiner Persönlichkeit aber legt sein Gedicht ein beredtes Zeugnis ab. Mit einem scharfen Blick für die Gebrechen seiner Zeit verbindet er ein tiefes Verständnis der menschlichen Natur und der gesellschaftlichen Verhältnisse, und, von dem Ernste sittlicher Lebensauffassung durchdrungen, fühlt er das Bedürfnis, der heranwachsenden, immer mehr verwildernden Jugend in der Geschichte des Helmbrecht, die er meisterlich aus dem Leben zu formen verstanden hat, ein warnendes Beispiel vor Augen zu stellen. So lebendig und anschaulich die ganze Handlung mit ihren eigenartigen Persönlichkeiten uns entgegentritt — das beste Zeugnis einer nicht gewöhnlichen dichterischen Begabung — so deutlich ist doch auch dieser lehrhafte Charakter erkennbar in den geschickt verfaßten Gesprächen, welche das Gefäß abgeben müssen, in welchem der Dichter seine Ansichten darlegt. Kommt dabei mitunter der Charakter der redenden Person nicht zu seinem Rechte (vgl. zu V. 1250), so haben darin auch seine Zeitgenossen keinen Vorzug vor ihm, wie der Arme Heinrich (siehe zu V. 822) beweist. Die Kunst des Individualisierens war eben noch in den Anfängen.

Zu dieser aus dem Gedicht erkennbaren Persönlichkeit stimmt es nun ganz gut, wenn Fr. Keinz, der das Verdienst hat, den Schauplatz der Erzählung bestimmt und alles Wesentliche ·zu seiner Erklärung beigebracht zu haben,[1] in ihr den Pater

---

1) Helmbrecht und seine Heimat. 2. Aufl. Leipzig, Hirzel 1887.

Klostergärtner des Klosters Ranshofen bei Gilgenberg, in dessen Bezirk sich die Geschichte abgespielt hat, vermutet. Das Amt eines solchen hat, wie Keinz ermittelte, bis zur Aufhebung des Klosters (1811) bestanden, und seine Träger hatten nicht nur die Klostergärten zu besorgen, sondern auch die Obliegenheit, alljährlich das ganze Gebiet des Klosters zu durchwandern und die Bauern in der Obstbaumzucht und Küchengärtnerei zu unter= richten. Ein solcher konnte wohl genauer als jeder andere Land und Leute kennen lernen und mit kritischem Blick betrachten. Einige Nebenumstände unterstützen diese Annahme. So paßt V. 793 f. unseres Textes (848 f. des Originals), wo der Dichter humoristisch von seinen Wanderungen (swie vil ich var enwadele) und der Bewirtung spricht, die er auf denselben erfährt, zu den angegebenen Beschäftigungen des Paters, und schließlich hat mit größter Wahrscheinlichkeit festgestellt werden können, daß im Kloster Ranshofen bis zu seiner Aufhebung eine illustrierte Handschrift des Helmbrecht vorhanden gewesen ist. Wirklich wesentlich ist und bleibt aber nur der Nachweis, daß der Bezirk des Klosters der Schauplatz der Erzählung gewesen ist. Diesen haben wir kurz zu betrachten. Die von Keinz entwor= fene, beigegebene Skizze wird das Verständnis erleichtern.

Von München führt die Eisenbahn in östlicher Richtung in etwa 2 Stunden nach Braunau am Inn. Südlich und südwestlich von diesem Orte, am Inn und der Salzach entlang, welche hier mündet, dehnt sich der Schauplatz der Handlung auf etwa 2—3 Stunden aus. Südlich von Braunau liegt zunächst Ranshofen, wo das Kloster 1125 vom Erzbischof von Salz= burg gestiftet wurde. Von dort gelangt man weiter nach Süden über die Hochebene und den Adenberg, welcher identisch ist mit dem Haldenberg (V. 148) nach Gilgenberg und noch weiter südlich nach dem Hohenstein (V. 148). Zwischen Hohenstein und Haldenberg, etwas westlich bei Gilgenberg, liegt ein Bauernhof, der noch vor 20—30 Jahren der Helm= brechtshof hieß und als solcher seit Anfang des 14. Jahr= hunderts in Urkunden auftritt, also sicher der Hof war, auf welchem Helmbrecht aufwuchs. Heute heißt er das „Lenzengut zu Reit". Von Gilgenberg führt ein Weg nordwestlich nach Wanghausen, wo noch heute ein Brunnen ist, den die Leute wegen seines vorzüglichen Wassers (V. 842) das „goldene Brün= nele" nennen. Eine Viertelstunde vom Helmbrechtshofe ent=

fernt aber zieht sich in nordöstlicher Richtung gegen den Aden=
berg und die Braunauerstraße ein steiler Abhang hin, der noch
heute die Kienleite heißt (V. 1340). Darüber führt ebenfalls
noch heute ein schmaler Steig auf die dahinter liegende Hoch=
ebene, über welche man leicht zu den am Inn abwärts liegenden
Rauönestern gelangen konnte. Die Ruinen eines solchen finden

sich in der Nähe des Zusammenflusses von Inn und Salzach);
vielleicht war dies einst die Burg, in welcher Helmbrecht Dienste
nahm Die Gegend ist heute österreichisch, früher war sie bai=
risch. Der nahe Zusammenhang mit Österreich macht es gleich=
wohl erklärlich, daß V. 392 (445 des Originals) daz oesterriche
clamirre als Nationalgericht genannt wird (s. d. Anm. zu d. V.).
Vielleicht ist auch noch eine dunkle Erinnerung an Helmbrechts
Geschichte in dem Schimpfwort „Helmel" vorhanden, mit welchem
man dort liederliche Burschen bezeichnet.
Die Abfassungszeit des Gedichts läßt sich annähernd
auf Grund der Erwähnung des bekannten Dichters Reithard
von Reuenthal bestimmen (V. 170 ff. und Anm. dazu). Da
man das Leben dieses Dichters bis 1236 verfolgen kann, so

muß der Helmbrecht nach 1236 verfaßt sein, und zwar nicht allzu lange nachher, da die Form der Erwähnung Neithards vermuten läßt, daß er noch in frischer Erinnerung war. Immerhin bleibt ein Spielraum von 1236 bis mindestens 1250. Zwischen der Blütezeit des Rittertums und der höfischen Dichtung einerseits und der Abfassung des Helmbrecht andererseits liegen daher höchstens 50 Jahre. In diesem kurzen Zeitraume hat sich ein solcher Umschwung vollzogen, daß das Raubrittertum bereits in Blüte steht und der Bauernstand seinem Ruin durch Verkennung der natürlichen Bedingungen seines Daseins entgegengeht. Die Alten und Verständigen in beiden Ständen sind machtlos gegen die allgemeine Verderbnis. Walther von der Vogelweide hatte bereits auf das einreißende Verderben hingewiesen (vgl. Denkm. II, 1 Walther Nr. 37. 39. 42), und was der Vater Helmbrecht seinem Sohne von dem Leben und Treiben der Ritter in seiner Jugendzeit erzählt, das entspricht eben den Idealen, wie sie noch Hartmann und Wolfram gezeichnet hatten. Wir sehen gerade aus dieser Schilderung Helmbrechts, in welcher der Dichter doch gewiß ebenso wahrheitsliebend ist wie in der ganzen übrigen Darstellung, daß die Ideale, wie sie u. a. auch Hartmann aussprach (s. o. S. 5), wirklich gepflegt wurden. Jene Dichter scheinen allerdings ihre hauptsächlichsten Stützen gewesen zu sein, denn mit deren Ableben trat auch der Verfall ein, und die späteren haben sich keines besonderen Einflusses mehr zu erfreuen gehabt. Ulrich von Lichtenstein und Konrad von Würzburg behielten in ihren ziemlich gehaltlosen Werken die höfische Manier bei, aber sie hatte sich schon überlebt. Da ist es denn eine ganz eigenartige Erscheinung, daß der Pater Klostergärtner den kühnen Griff ins wirkliche Menschenleben that und, statt Legenden, Artusromane und Geschichtssagen aufzutischen, eine Novelle dem wirklichen Leben in seiner unmittelbaren Umgebung entnahm und darin ein Spiegelbild der Zeit lieferte, welches seinen dichterischen Wert bis heute bewahrt hat und immer behalten wird. Um recht in das Verständnis der Dichtung einzudringen, vertiefe man sich nur in die so anschaulich entworfenen einzelnen Situationen, den Abschied des aufgeputzten Helmbrecht, die Raubburg mit ihren Insassen, Helmbrechts Empfang bei seiner Rückkehr, Gotelindens Hochzeit, die Gefangennahme, Helmbrechts zweite Rückkehr und sein Ende. Jedes einzelne liefert ein packendes Gemälde. Man stelle die frühere und die spätere Zeit

nach) dem Gespräch zwischen Vater und Sohn und mit Benutzung
der früheren Lektüre Hartmanns, Wolframs, Walthers, neben=
einander; man versetze sich in die merkwürdig inkonsequente und
doch so lebenswahre Handlungsweise des alten Helmbrecht, in
die durch Helmbrechts Prahlerei angesteckte Gotelinde, in die er=
bitterten, rachsüchtigen Bauern am Schluß; man versuche ein
Kulturbild aus der Mitte des 13. Jahrhunderts zu entwerfen,
und man wird zu all dem die reichste Fundgrube finden, wo
man das Gedicht nur aufschlägt. Schließlich aber steht als lei=
tender sittlicher Gedanke über diesen mannigfaltigen Lebensbildern
das große Wort: „Ein Auge, das den Vater verspottet und
verachtet der Mutter zu gehorchen, das müssen die Raben am
Bache aushacken und die jungen Adler fressen."

Der eine schreibt, was er gesehn,
Und der erzählt, was ihm geschehn,
Der dritte spricht von Minnen,
Der vierte vom Gewinnen,
5 Der fünfte singt von Geld und Gut,
Der sechste nur von stolzem Mut:
Hier sei erzählt, was mir geschah,
Was ich mit eignen Augen sah.¹)
Ich sah, und das ist wirklich wahr,
10 Eines Bauern Sohn mit blondem Haar;
In Locken dicht, gekräuselt fein,
Hüllt's Nacken ihm und Schultern ein.
Und daß nicht gar zu lang es hing,
Er es in eine Haube²) fing,
15 Die war von Bildern fein und zier.
Gar manchen Vogel sah man hier
Wie nimmer wohl auf einer Hauben.
Da waren Sittiche und Tauben
Genähet drauf mit fleiß'ger Hand.
20 Nun hört, wie's um die Haube stand.

---

1) Der Dichter stellt sich hier in einen gewissen Gegensatz zu den bekannten höfischen Dichtern. Jene erzählen nur, was sie in andern Büchern gelesen haben, er aber schildert Selbsterlebtes.

2) Lang herabwallendes Haar zu tragen wurde im 13. Jahrh. in den höfischen Kreisen auch bei den Männern Mode. Es fiel entweder frei über die Schultern, oder es wurde in Zöpfe geflochten, oder, mit Brenneisen gekräuselt, in einer Kappe (mhd. hûbe = Haube) zusammengehalten, aus der jedoch im Nacken Locken hervorquollen. Sogar an der Rüstung brachte man Behälter zum Schutze des Haares an. Auch in der Nacht hüllte man es sorgfältig in eine Haube. Diese Mode wurde dann von wohlhabenden Bauern, wie das Rittertum überhaupt, nachgeäfft. Die Zeugnisse dafür giebt besonders der diese Bauern verspottende Dichter Neidhardt von Reuenthal.

Helmbrecht, so hieß der junge Mann,
Von dem die Mär jetzt hebet an.
Nach seinem Vater hieß er so,
Der war ein Meier,[1]) schlicht und froh.
25 Zuerst nun künd' ich euch genug,
Wahrhaft und ohne allen Trug,
Von Wundern, der die Haube voll.
Vom Nacken, wo das Haar entquoll,
Bis hin zum Scheitel war das Lün[2])
30 Mit Vögeln dicht besetzt, es schien,
Als wären sie gekommen halt
Soeben aus dem Spessartwald.[3])
Nie war noch eines Bauern Schopf
So schön geziert wie Helmbrechts Kopf.
35 Auch überm rechten Ohr des Gecken
Sah Bilder man die Haube decken.
Genäht war drauf mit kund'ger Hand,
— Hört wohl, wie's damit ist bewandt —
Wie Troja einst belagert ward,
40 Als Paris frech vermeßner Art
Dem Griechenkön'ge nahm sein Weib,
Die er geliebt, wie den eignen Leib,
Und wie man Troja dann gewann
Und Äneas daraus entrann
45 Und meerwärts fuhr auf schnellen Kielen,
Indessen Trojas Türme fielen
Samt mancher steingefügten Mauer.
O weh, daß je ein schlechter Bauer
So teure Haube sollte tragen,
50 Von der so vieles ist zu sagen!

---

1) Meier (von major) ist eigentlich der mit der Oberaufsicht und
Bewirtschaftung eines Gutes betraute, der „Wirtschaftsinspektor". So
im Armen Heinrich (V. 261 ff.). Hier scheint jedoch der Bauer selbstän-
diger Besitzer zu sein.

2) „Der schräg in die Höhe stehende oder überhaupt der obere
Teil der Haube". Man hat sich die Vögel in zwei breiten sich auf dem
Scheitel kreuzenden Streifen geordnet zu denken, so daß dadurch vier
Abteilungen entstanden, welche durch die weiterhin beschriebenen Sticke-
reien verziert waren. (Nach Keinz.)

3) Die Erwähnung des Spessarts — in höfischen Gedichten häufig
— ist hier merkwürdig, da er sehr weit vom Schauplatze entfernt ist.

Wollt ihr nun mehr noch hören,
Was auf der andern Seite war
Gestickt in Seide ganz und gar?
Ich will euch wahrlich nicht bethören.
55 Es standen — glaubt mir's — linker Hand
Der König Karl und Held Roland,
Turpin und Olivier,
Und was die Kampfgenossen vier
Gethan mit ihrer Wunderkraft
60 Im Kampf mit wilder Heidenschaft.[1]
Provence und Arelat[2]
Zwang König Karls gewalt'ge That.
Des Arm und seines Geistes Macht
Hat auch Galizien[3] heimgebracht.
65 Das war noch alles Heidenland.
Nun hört, was hinten alles stand
Dort zwischen beiden Ohren nur„
Von einer bis zur andern Schnur!
Man sah — mein Mund euch Wahrheit sagt —
70 Wie einst vor Raben in der Schlacht
Frau Helchens traute Knaben
Das Leben gar verloren haben,
Da Wittich sie erlegte,
Der kühne, zornbewegte,
75 Zusamt Diethern den Berner.[4]

---

1) Wie es im Rolandsliede des Pfaffen Konrad (aus dem Jahre 1131) beschrieben ist. Der Erzbischof Turpin und der Herzog Olivier waren die berühmtesten der zwölf Paladine. Vgl. Uhland, Roland Schildträger und König Karls Meerfahrt.
2) Südfrankreich (die Provence) und Burgund.
3) Die spanische Mark.
4) Scharpfe und Orte, die beiden Söhne Etzels und Helches (im Waltharilied Frau Ospirin) begleiteten Dietrich von Bern auf seinem Heerzuge gegen Ermrich, den er aus seinem Reiche Italien wieder verjagen wollte. (Vgl. das Hildebrandslied, wo die geschichtlichen Verhältnisse andere sind.) Während der Entscheidungsschlacht bei Ravenna (Raben) sollten sie in der Obhut des starken Elsan in Bern (Verona) bleiben. Sie ritten aber eigenmächtig aus und fanden in der Nähe von Raben ihren Tod durch Witege, der treulos von Dietrich zu Ermenrich übergegangen war. Mit ihnen war auch Diether, der jüngere Bruder Dietrichs, geritten, der, nur wenig älter als sie, ebenfalls in Elsans Obhut bleiben sollte. Dieser forderte nach dem Falle seiner Freunde Wittich zum Kampfe und wurde auch erschlagen.

Laßt euch auch sagen ferner,
Was noch der dumme Tölpel trug
Am Lün ganz vorn — s'ist wahr genug!
Vom rechten Ohr zum linken,
80 Da sah man, wonnig anzuschaun,
Viel Ritter stehn und schöne Frau'n.
Und in der Mitte war ein Tanz
Gestickt in hellem Seidenglanz
Von Junkern und von Jungfräulein;
85 Das sollte nicht vergessen sein.
Je zwischen zweien Frauen stand,
So wie es noch beim Tanz bekannt,
Ein Ritter, Hand in Hand gefangen.
Dort aber je zwei Jungfraun schlangen
90 Die zarten Hände nach der Sitte
Mit dem Knappen, der in ihrer Mitte.
Da standen Fiedler auch dabei.[1]

Diese prächtige Haube, fährt der Dichter fort, hatte eine arme,
dem Kloster entlaufene Nonne gegen eine Kuh und viel Käse und Eier
als Entgelt genäht. Diesen Lohn aber hatten Helmbrechts Schwester
Gotelind und seine Mutter aufgebracht.

Die Schwester gab noch mehr dahin
Um ihres Bruders stolzen Sinn:
95 Viel teure Leinwand, weiß und fein,
Die nirgend könnte besser sein.
Die war so fein gesponnen:
Wohl sieben Weber sind entronnen
Der Arbeit an dem teuren Tuch,
100 Eh es auch lang und breit genug.
Auch gab die Mutter ihm einen Rock,
Wie keiner noch im Schneiderbock
Geschnitten ward mit Scheeren.
Des Futters Pracht thät mehren

---

1) Hier ist der würdige, mehr oder weniger gravitätische höfische
Reigentanz gemeint, welcher in kunstreichen Bewegungen und Schwen-
kungen unter Anführung eines Vortänzers bestand, unsern Polonaisen,
Contres und Menuets ähnlich. Er wurde „gegangen" oder „getreten".
Daneben wurden aber auch Reien „gesprungen", besonders im Freien
bei ländlichen Festen. Diese Bauerntänze wurden oft wild und unschicklich.
Auch sie beschreibt der Dichter Neidhardt von Reuenthal eingehend.

105 Ein Pelz von Lamm= und Ziegenhaar:
So weißes nicht im Lande war.
Dazu gab ihm um seinen Leib
Sorglich das vielgetreue Weib
Ein Kettenwams, dazu ein Schwert;
110 Das war der junge Mann wohl wert.
Noch gab sie ihrem lieben Knaben
Gewänder zwei, die mußt' er haben,
Mit Taschen breit, darein zu stecken
Das Messer, wie es ziemt dem Recken.

115   Als sie gekleidet nun den Knaben,
Da sprach er: „Mutter, ich muß haben
Darüber eine Jacke fein,
Und sollt' ich drum betrogen sein,
So wär' ich ganz der Ehre bar.
120 Und ihre Arbeit sei fürwahr,
Wenn sie gewahrt das Auge dein,
Daß dir dein Herz will Bürge sein,
Du hast von deinem Kinde Ehre,
Wohin ich meinen Schritt auch kehre."

125   Sie hatte noch, gar wohl behalten,
Ein Röcklein in der Tücher Falten.[1]
Das gab sie hin mit Freuden,
Um ihren Sohn zu kleiden.
Auch kauft' dazu sie blaues Tuch,
130 Wie man es nirgends besser trug.
Niemals noch trug hier oder dort
Ein Meier — glaubt mir's auf mein Wort —
Ein Kleid, das auch nur um ein Ei
Noch besser als das seine sei.

135 Wer ihm das riet, der wußte wohl,
Wie man den Freunden mehren soll
Den Wert, um sie mit Ruhm zu schmücken:
So lang sich zog der breite Rücken,
Vom Gürtel hoch bis an den Schopf,
140 Da lag vergoldet Knopf an Knopf;
Und wo das Koller rührt' das Kinn,
Bis auf die Gürtelschnalle hin,

---

1) Man hob die Kleider zusammengefaltet in Tücher eingeschlagen
auf (in den valden).

Die Knöpfe waren silberweiß.
Es hat wohl selten solchen Fleiß
145 An seiner Jacke Schmuck gelegt
Ein Bauersmann, der solche trägt,
Noch fand man je so kostbar Werk
Von Hohenstein bis Haldenberg.[1]
Und dazu — wie gefällt euch das? —
150 Erglänzten vorn im rechten Maß
Drei Knöpfe von Krystalle hell,
Damit verschloß sich der Gesell
Die Jacke auf der Brust, die war
Besät mit Knöpfchen ganz und gar,
155 Gelb, blau und grün und braun und rot
Und schwarz und weiß, wie er's gebot.
Sie strahlten in so lichtem Glanze:
So oft er ging zu Tanze,
Ward er — glaubt mir's — von beiden,
160 Von Frauen und von Maiden,
Gar minniglich nur angesehen.
Ich will es gern gestehen,
Mir wär's wohl neben solchem Jungen
Gar übel bei den Frau'n gelungen.
165 Da, wo der Ärmel eingesetzt,
Da war die Nat ringsum besetzt
Mit mancher Schelle, die erklang,
Wenn er im Reientanz sich schwang.
Das klang den Weibern in den Ohren.
170 Ja wär' Herr Neithardt jetzt geboren,
Den hätte Gott dazu erkoren,
Daß er's euch besser könnte singen
Als mir zu sagen will gelingen.[2]

---

1) s. Einl. S. 70.
2) Neidhardt von Reuenthal, der schon mehrfach erwähnte Dichter
(s. Anm. zu V. 14 und 92), welcher das Bauernleben zum Gegenstande
seiner Lieder machte. Er hat etwa in den Jahren 1215—1236 gedich=
tet, anfangs in Baiern, wo sein Gut Reuenthal lag, dann in Österreich,
wo er von Friedrich dem Streitbaren ein neues Heim in Medlick bei
Wien erhalten hatte. Wernher stellt hier Neidhardts Singen (Lieder=
dichtung) seinem Sagen (Epische Erzählung) gegenüber. Über die Ver=
wertung dieser Erwähnung Neidhardts zur Datierung des Gedichts siehe
Einl. S. 71.

Die Mutter gab noch manches Ei
175 Und Huhn und sonst noch mancherlei
Dem Sohn für Schuh und Hosen hin.
Und als sie so in treuem Sinn
Ihm auch die Beine noch versehn,
Da trat der Geck zum Vater schön:
180 „Zu Hofe[1]) treibt mein Wille mich",
So sprach er, „und so bitt' ich dich,
Lieb Vater, steur' auch du dazu.
Die Mutter gab so manche Kuh,
Und so viel gab mein Schwesterlein,
185 Des will ich allzeit dankbar sein."
Das schuf dem Vater Ungemach,
Und zu dem Sohn er also sprach:
„Ich geb' dir zu den Kleidern schön
Einen schnellen Hengst, stattlich zu sehn,
190 Der sicher springt bei Zaun und Graben
Und weite Wege kann erlaufen,
Den sollst du mit zu Hofe haben,
Find' ich ihn anders hier zu kaufen.
Doch bitt' ich dich, mein lieber Knab',
195 Laß doch von deiner Hoffahrt ab.
Schwer lernt sich Hofes Art für den,
Der's nicht von Kindheit an gesehn.
Bleib hier, mein Sohn, treib mir den Stier,
Pflügst lieber du, treib' ich ihn dir.
200 So bau'n wir unsre Hube,
Und du fährst in die Grube
So ehrlich einst und gut wie ich.
Ja wahrlich, des verseh' ich mich.
Ich bin getreu, bin schlicht und wahr,
205 Verräter ich noch niemals war.
Ich bringe pünktlich alle Jahr,
Wie sich's gebührt, den Zehnten dar
Und lebte hier all' meine Zeit
Zufrieden, ohne Haß und Neid."
210 Der Sohn sprach: „Lieber Vater mein,
Schweig, bitte, laß die Rede sein.

1) Zu eine Ritterburg.

Das kann nun anders nicht ergehn:
Zu Hofe muß ich, um zu sehn,
Wie dort das Leben schmecke.
215 Mir sollen deine Säcke
Nicht länger drücken auf den Kragen,
Will auch hinfort auf deinen Wagen
Nicht mehr den Mist aufladen;
So möge Gott mir schaden,
220 Wenn jemals Korn ich säe noch
Und Ochsen spanne unters Joch.
Das paßte gar zu schlecht, fürwahr,
Zu meinem langen, blonden Haar
Mit seinem üppigen Gelock
225 Und meinem schönen, feinen Rock,
Zu meiner bunten Hauben
Mit schönen seidnen Tauben,
Darauf genäht von holden Frau'n.
Du magst dein Feld allein bebau'n!"
230   „Mein lieber Sohn, bleib doch bei mir,
Der Meier Ruprecht bietet dir,
Du weißt es wohl, sein einzig Kind,
Dazu noch Schafe, Schwein und Rind
Und Alt= und Jungvieh, viel an Zahl.
235 Bei Hofe sind die Bissen schmal.
Da mußt du ruhn auf hartem Stein
Und aller Freuden ledig sein.
Nun folge meiner Lehre,
So hast du Nutz und Ehre.
240 Gar selten dem sein Glück gelingt,
Der seinem Stand entgegen ringt;
Und dein Beruf ist hinterm Pflug.
Hofleute findest du genug,
Wohin du deine Schritte kehrst.
245 Und daß du Schmach und Schande mehrst,
Lieb Kind, das schwör' ich dir bei Gott.
Du wirst der Hofleut' Hohn und Spott
Am Ende nur, mein guter Sohn,
Drum folge mir und bleib davon."
250   „Nein, Vater, bin ich erst beritten,
So trau' ich mich in Hofessitten

Just ebenso dort zu bestehn,
Wie die von je zu Hofe gehn.
255 Wer diese Haube, schön gestickt,
Auf meinem Haupte hat erblickt,
Der schwür' mit tausend Eiden,
Daß ich noch keins von beiden
Gethan, den Pflug noch nie berührt,
Noch je den Stecken hab' geführt.
260 Sobald man in dem Kleide
Mich sieht, womit sie beide
Mich ausgerüstet schmuck und fein,
Die Mutter und mein Schwesterlein,
So ist mir, mußt du selbst gestehn,
265 Davon kein Deut mehr anzusehn,
Daß ich gar manchmal noch bislang
Den Drischel auf der Tenne schwang.
Und hab' ich nur erst Fuß und Bein
Gefügt in Schuh' und Hosen ein,
270 In Hosen und Schuh' von Corduan,[1]
So sieht kein Menschenkind mir an,
Ich hätte jemals einen Zaun
Dir oder andern zugehau'n.
Giebst du den Hengst mir, bleib' ich gern
275 Des Meiers Ruprecht Tochter fern.
Er soll mich nicht zum Eidam kriegen,
Ich will nicht um ein Weib verliegen.[2]
Der Vater sprach: „Mein Sohn, hör' an,
Was ich dir ferner sagen kann.
280 Wer folget guter Lehre,
Dem bringt es Nutz und Ehre:
Doch schlägt ein ungehorsam Kind
Des Vaters Lehren in den Wind,
Das kommt in allen Landen
285 Zuletzt zu Schad und Schanden.
Willst du durchaus Genosse sein
Und gleicher Ehren dich erfreun

---

1) Cordova, noch heute durch Lederfabriken ausgezeichnet.
2) verligen, ein ritterlicher Kunstausdruck = die Zeit in Unthätig-
keit und Trägheit auf dem Lager verbringen. So „verlag sich" Erek
um Enitens willen. Vgl. S. 64.

Mit dem gebornen Rittersmann:
Wirst Gutes nicht erleben dran.
290 Er trägt dir doch darum nur Haß,
Und niemand, Helmbrecht, glaub' mir das,
Beklagt dich, auch kein Bauersmann,
Wenn dort ein Leid dir angethan.
Und raubt ein Junker echter Art
295 Dem Bauern, was er sich erspart,
Der kommt am Ende doch, mein Sohn,
Weit besser wohl als du davon.
Nimmst du, wie andre Ritter frei,
Dem Bauern nur ein Fuder Heu —
300 Erwischt er dich, so mußt du büßen
An Händen und an Füßen
Für alles, was ihm je genommen.
Er läßt dich nicht zu Worte kommen,
Macht schnelle Rechnung, kurz und gut:
305 Ein gottgefällig Werk er thut,
Wenn er dich überm Raub erwürgt.
Mein lieber Sohn, das ist verbürgt,
Was ich dir da gesagt; drum bleib
Und wähle dir ein ehlich Weib."
310 „Nein, Vater, alles will ich tragen,
Doch meiner Reise nicht entsagen.
Mein Nam' soll in der Welt noch tönen.
Befiehl nur deinen andern Söhnen,
Mit dir am Pflug sich abzumühn;
315 Ich mag nur noch Gebrüll von Küh'n,
Die frei ich mir nach Hause führ'.
Daß ich bei euch noch stehe hier,
Das macht der magre Gaul allein.
Daß ich nicht sause schon querfeldein
320 Durch Heid' und Stoppel weite Strecken
Und nicht die Bauern durch die Hecken
An ihren Haaren schleife hin:
Das liegt mir wahrlich schwer im Sinn.
Die Armut mag der Teufel holen.
325 Soll ich drei Jahre lang ein Fohlen
Auffüttern und ein elend Rind:
Solch Leben schlag' ich in den Wind.

Ich will jetzt rauben alle Tage,
Damit ich mir was Gut's erjage,
330 So rechte volle, fette Kost.
Das soll den Leib vor Winterfrost
Mir schützen, so lang noch Leute laufen,
Die billig Rinder wollen kaufen.
Drum, Vater, zögre länger nicht
335 Und sei kein knauseriger Wicht.
Das Roß gieb, das versprochne, mir,
Ich bleibe länger nicht mehr hier."
Ich will euch nicht so lange plagen:
Ein Lodenzeug von dreißig Lagen,[1]
340 (Von längerm habt ihr nie gehört)
Das gab der Vater für das Pferd.
Dann fetter Kühe viere,
Zwei Ochsen und drei Stiere,
Vier Scheffel Korn noch obendrein:
345 Das alles mußt' verloren sein.
Den Hengst er kauft' um zehen Pfund,[2]
Und hätt' er ihn verkauft zur Stund,
Er wäre kaum bezahlt mit drei'n:
Die sieben büßt' er dabei ein.
350 Als nun der Bursche war bereit,
Gerüstet schon im neuen Kleid,
Da ging er prahlend auf und nieder,
Sah auf die Schultern stolz hernieder,
Wild schüttelnd seines Haupts Gelock:
355 „Ich bisse wohl durch Stein und Stock,
Mein Mut ist so vermessen,
Ich möchte Eisen fressen.
Der Kaiser kann von Glück noch sagen,
Geht's ihm nicht nächstens an den Kragen.
360 Ich raub' ihn aus bis auf die Zeh'n;
Dem Herzog soll's nicht besser gehn.
Wohl über Zaun und Graben

---

1) Noch heute nennen die Tiroler den bekannten wetterfesten Stoff
Loden. Die Lagen (stürzen) sind ein bestimmtes Maß von 1½—2 Fuß
Breite, nach welchem das Tuch zusammengelegt wurde.
2) zehn Pfund Pfenninge. Der Pfenning 14—15 Pf. R.=W.,
das Pfund hatte 240 Stück, also etwa = 35 Mark R.=W. (nach Keinz).

Und Felder will ich traben,
Mich soll die Furcht nicht hindern
365 Die ganze Welt zu plündern.
Nun gieb mich frei aus deiner Hut.[1]
Ich will fortan nun kurz und gut
Nach meinem eignen Sinne wachsen.
Ja, Vater, einen wilden Sachsen[2]
370 Erzögt ihr leichter wohl als mich."
    Der Vater sprach: „So will ich dich
Denn lösen nun aus Zucht und Zwang,
Das Unheil gehe seinen Gang.
Doch wenn mein Wort dich meiden soll,
375 Wenn du dich putzt mit Lock' und Toll,
So hüte deiner Hauben
Mit ihren seidnen Tauben,
Damit niemand mit grober Faust
Sie dir verletzt und dir zerzaust
380 Dein langes, blondes Lockenhaar.
Und willst du wirklich ganz und gar
Nun meiner Sorg' enthoben sein,
So mehrt sich meiner Sorge Pein:
Du folgst zuletzt noch einem Stabe,
385 Wohin dich führt ein kleiner Knabe.
Ach, fuhr er fort, mein lieber Sohn,
Laß dir noch raten: bleib davon.
Sollst leben, wie wir leben,
Und essen, was wir geben.
390 Trink lieber Wasser unverdorben
Als teuren Wein, mit Raub erworben.
Östreicher Schmarn[3] hält jedermann,
Ob dumm, ob klug, ob Kind, ob Mann,

---

1) Mache mich mündig.

2) wilder Sahse, ein stehender Ausdruck in mh. Dichtungen, ähn=
lich gebraucht wie bei uns „Berserker". Vgl. Kudrun 366 und Walthari=
lied S. 29 unsrer Ausg.

3) clamirre. „ein Gebäck, das aus zwei übereinander gelegten
Semmelschnitten besteht, zwischen welche Kalbsgehirn oder zerkochte
Zwetschen gelegt werden, worauf das Ganze in Schmalz gebacken wird"
(Keinz). Ähnliches Gebäck nennt man heute in Tirol Schmarn oder
Krapfen. Vgl. Einl. S. 71. Es wird hier als ein österreichisches Gericht
bezeichnet.

So weit man hier und dort auch reise,
395 Für eine wahre Herrenspeise.
Die iß auch du, mein liebes Kind,
Statt daß du ein geraubtes Rind
Dem Wirt um eine Henne giebst.
Den besten Brei, wie du ihn liebst,
400 Wird dir die Mutter kochen,
So oft du willst die Wochen.
Damit magst du den Leib dir füllen,
Eh du ein kaum geraubtes Füllen
Eintauschst für eine magre Gans.
405 Bereit ist dir der Ehren Kranz,
Wohin du lenken magst die Schritte,
Verschmähst du nicht die alte Sitte.
Das Habermus am eignen Tisch
Ist besser als der feinste Fisch,
410 Den man nicht ißt in Ehren.   '
Hör' deines Vaters Lehren
Und folge mir: es bringt Gewinn;
Doch willst du nicht, so fahre hin.
Und kommst du auch zu deinem Ziel,
415 Erwirbst dir Gut und Ehren viel:
Ich habe nichts damit gemein,
Doch auch den Schaden trag allein."
    „Trink du nur Wasser, Väterlein,
Ich lobe mir den edlen Wein.
420 Iß deine Hafergrütze,
Mich dünkt sie wenig nütze.
Will lieber ein gesotten Huhn,
Da soll mir niemand Einspruch thun.
Ich will auch bis an meinen Tod
425 Nur essen weißes Weizenbrot:
Du bleib bei deinem Hafermehl.
In Rom sagt man — es ist kein Hehl —
Ein Kind erhalt' in früher Jugend
Von seinem Paten eine Tugend.
430 Mein Pate war ein edler Ritter.
Gesegnet sei der Ehren=Hüter,
Daß mir von ihm solch Edelart
Und Kraft und Mut vererbet ward."

Der Vater sagte: „Glaub' mir nur,
435 Der Mann, der sicher auf der Spur
Der Pflicht einhergeht unentwegt,
Der bieder handelt, schlecht und recht,
Ist der auch nicht so hoch geboren,
Er ist den Menschen ohne Sporen
440 Viel mehr wert als das Königskind,
Dem Zucht und Ehre sind ein Wind.
Und kommen in ein fremdes Land
Ein wackrer Mann aus niederm Stand
Und einer hochgeborner Art,
445 Dem Ehre nie bekannt noch ward,
Und weiß noch niemand, wer sie sind:
Man schätzt des niedern Mannes Kind
Weit mehr als den von hohem Adel,
Der sich erkoren Schmach und Tadel.
450 Drum willst du wahrhaft adlig sein,
Das schärf' ich dir getreulich ein,
So adle dich durch deine Thaten.
Mein lieber Sohn, laß dir doch raten.
Durch gute Zucht ist sicherlich
455 Der Ritter erst recht adelig."
Drauf Helmbrecht: „Vater, das ist wahr.
Doch Haub' und blondes Lockenhaar
Und meiner schönen Kleider Zier,
Die lassen mich nicht länger hier.
460 Sie strahlen beide so von Glanz
Und schicken besser sich zum Tanz
Als für die Egge und den Pflug."
„Weh, daß dich eine Mutter trug!"
— Der Vater sprach's zum Sohn, dem lieben —
465 „Willst Gutes lassen, Böses üben!
Wenn du nicht ganz von Sinnen bist,
Sag', schöner Bursche, wer genießt
Das Leben mehr, der, dem man flucht,
Dem alle Welt zu schaden sucht,
470 Der nur von andrer Schaden lebt
Und wider Gottes Ordnung strebt?
Hat der des Lebens Vollgewinn?
Nun schaue nach dem andern hin,

Der täglich alle Welt erfreut,
475 Und der es nimmermehr bereut,
Wenn er sich abmüht Tag und Nacht,
Daß er den Menschen Freude macht
Und Gott dabei auch ehret.
Wohin er seinen Schritt auch kehret,
480 Da liebt ihn Gott und alle Welt.
Nun sag', mein Sohn, mir: Wer gefällt,
Wenn Wahrheit soll entscheiden,
Dir besser von den beiden?"
„Mein Vater, sicherlich nur der,
485 Von dem niemand erfährt Beschwer;
Der andern lebt zu Nutz und Heil,
Der, dünkt mich, hat das beßre Teil."
„Mein Sohn, ein solcher wärest du,
Wenn du mir Folge sagtest zu.
490 Baust du den Acker mit dem Pflug,
So nützest du der Welt genug:
Du nützest allen dann zugleich,
Ob hoch, ob niedrig, arm und reich.
Dem Wolfe nützt du wie dem Aar
495 Und aller Kreatur fürwahr,
So viel auf dieser Erden
Gott ließ lebendig werden.
Drum, lieber Sohn, den Acker bau';
Dem Bauern dankt manch edle Frau,
500 Womit sie schön sich schmückt und ziert;
Und manches Königs Dank gebührt
Allein des Ackerbauers Fleiß.
Ja niemand hat so hohen Preis,
Er müßte gar zu schanden werden,
505 Gäb's keine Bauern mehr auf Erden."
„Ach wollt' von deinem Predigen
Mich Gott doch bald entledigen!
Wahrhaftig, wär' aus dir geworden
Ein Mann vom heil'gen Pred'gerorden,
510 Du brächtest wohl ein ganzes Heer
Mit deiner Predigt übers Meer.[1)]

---

1) Du könntest ein Kreuzheer nach dem heiligen Lande predigen.

Eins auch ich nicht verschweigen will:
Erwerben sich die Bauern viel,
So essen sie auch desto mehr.
515 Was mir das Glück nun auch bescher',
Vom Pfluge will ich nichts mehr wissen,
Will weiße Hände nicht mehr missen.
So wahr ich hoff' auf Gottes Huld,
Der Pflug allein ist daran schuld,
520 Wenn Schmach mir wird und große Schand'
Beim Tanz an schöner Frauen Hand." [1]
    Der Vater sprach: „Nun frage doch,
Ist dir die Mühe nicht zu hoch,
Bei weisen und erfahrnen Leuten,
525 Wie sie dir diesen Traum wohl deuten:
Du trugst zwei Lichter in der Hand,
Die leuchteten, daß alles Land
Davon erstrahlt' in hellem Glanz.
Und vor'ges Jahr erschien mir ganz
530 Derselbe Traum, mein liebes Kind,
Von einem Mann, der heuer blind." [2]
    Sprach Helmbrecht: „Vater, das ist gut.
Doch wahrt' ich meinen starken Mut
Um solcher wind'gen Märe nicht,
535 Ich wär' ein jämmerlicher Wicht."
    Des Vaters Wort war ihm nur Schaum;
Der sprach: „Ich hatt' noch einen Traum:
Das eine Bein nur setztest du
Gesund zur Erd' in Strumpf und Schuh',
540 Das andre war zur Hälft' ein Stock;
Auch ragte dir aus deinem Rock
Ein Ding wie eines Armes Stumpf.
Willst du noch retten deinen Rumpf
Und wissen, was der Traum bedeute,
545 So frage nur die weisen Leute."
    „Er kündet nichts als Glück und Heil
Und aller Freuden reichen Teil."
Der Vater sprach: „Noch träumte mir

1) S. Anm. zu V. 92.   2) Welche Nußanwendung also?

Ein dritter Traum, den merke dir.
550 Du wolltest fliegen hoch und weit,
Weit über Wald und Feld und Haid':
Da ward ein Fittich dir durchschnitten,
Dein Flug nicht ferner mehr gelitten.
Wird dir der Traum auch Glück zuwenden?
555 Weh deinen Füßen, Augen, Händen!"
„Die Träume, Vater, alle drei,
Verheißen Sorgen mancherlei."
— So sprach der junge Helmbrecht —
„Such' dir nur einen andern Knecht,
560 An mir verfehlst du doch dein Ziel,
Mag dir auch träumen, was da will."
„Ach, lieber Sohn, die Träume sind,
Die ich bis jetzt geträumt, nur Wind.
Doch höre jetzt den letzten Traum:
565 Ich sah dich jüngst an einem Baum;
Von deinen Zehn bis auf das Gras
Man anderthalbe Klafter maß.
Und über deinem Haupte, Knabe,
Saß eine Krähe und ein Rabe.
570 Dein Haar, vom Sturme wild zerzaust,
Das strählte dir zur rechten Faust
Der Rabe, und die Krähe band
Und kämmt' es dir zur linken Hand.
Weh über solchen graufen Traum,
575 Weh über diesen Unglücksbaum!
Dem Raben Fluch und Fluch der Krähe!
O weh, wie schlecht ich da bestehe,
Daß ich nicht strenger dich erzog —
Es sei denn, daß das Traumbild log!"
580 „Und plagen dich, bei Jesus Christ,
Die Träume auch zu jeder Frist,
Sie seien schlimm, sie seien gut,
Ich lasse nimmer meinen Mut
Mir nehmen bis an meinen Tod.
585 Noch nie war Reisen mir so not.
Behüt' dich Gott, lieb Vater mein,
Und euch, mein liebes Mütterlein,
Und euer beider Kinder

Beschütze er nicht minder!
590 Gott sei uns allen Schutz und Hort!"[1]
Sprach's, und zur Stunde ritt er fort.
Abschied nahm er von Vaters Haus
Und stob durchs Gatterthor hinaus.
Euch seine Fahrten all' zu sagen
595 Müßt' ich drei Tage mich wohl plagen,
Ja selbst in einer Woche kaum
Fänd' ich der Zeit genug und Raum.
Auf eine Burg[2] kam er geritten,
Dort pflag der Burgherr solcher Sitten,
600 Daß er des Kampfs sich stets befliß
Und gerne die Gesellen hieß,
Die gerne mochten reiten
Und mit den Feinden streiten.
Dem gab sich Helmbrecht zum Gesinde.
605 Im Rauben ward er so geschwinde:
Was nur ein andrer liegen ließ,
In seinen Sack er's alles stieß,
Und alles Gut schien ihm gemein.
Kein Raub erschien ihm je zu klein
610 Und keine Beute je zu groß,
Es mochte rauh sein oder glatt,
Gleichviel, ob's krumm war oder grad',
Das alles nahm in seinen Schoß
Helmbrecht, des Meiers Helmbrecht Kind.
615 Er nahm das Roß, er nahm das Rind,
Ließ keinem eines Löffels Wert;
Er nahm das Wamms, er nahm das Schwert,
Er nahm den Mantel wie den Rock,
Er nahm die Gais, er nahm den Bock,
620 Die Mutterschafe samt dem Widder.
Das büßt' er später schwer und bitter.
So manchem armen Bauernweib
Zog Rock und Hemd er von dem Leib,
Den Mantel und das Mieder:

1) Wie ist dieser fromme Segenswunsch im Munde Helmbrechts
zu beurteilen? Vgl. Anm. H. zu V. 822 und Einl. S. 69.
2) Vielleicht eine der am untern Inn gelegenen Raubburgen,
etwa Ratishof, welche die größte und berüchtigtste war (Keinz).

625 Wie gern doch hätt' er's wieder
Zurückgebracht, was je er nahm,
Als ihn der Henker machte zahm.
Das ist ach leider nur zu wahr!
Nach Wunsch verging das erste Jahr.
630 Ein Glückswind trieb sein Schiff dahin,
Das bracht' ihm Heil nur und Gewinn.
Drob ward gar groß sein Übermut,
Denn stets mußt' vom geraubten Gut
Das best' und größte Helmbrechts sein.
635 Da fiel ihm just die Heimat ein,
Wie's allen Leuten pflegt zu gehn;
Die Seinen will man wiedersehn.
Vom Herrn und der Genossen Troß
Nahm Urlaub er und stieg zu Roß
640 Und wünscht', daß Gottes Güte
Sie alle Zeit behüte.[1]
Hier hebet an ein Märe,
Das zu verschweigen, wäre
Gar manchem nicht nach seinem Sinn.
645 Malt' ich's euch nur recht deutlich hin,
Wie man ihn da zu Haus empfing!
Ob man ihm wohl entgegen ging?
O nein, es kam gelaufen
Der ganze Hof in Haufen.
650 Wirr durcheinander drängten sie,
Die Eltern sprangen, als wär' noch nie
Ein Kalb in ihrem Stall gestorben.
Wer sich das Botenbrot erworben,
Dem gab man, glaubt mir's, ohne Fluch
655 Wohl Hemd und Hof', und sonst genug.
Sprach da die Freimagd und der Knecht:
„Sei schön willkommen uns, Helmbrecht"?
Ach nein! sie haben's nicht gewagt,
Auch hat man's ihnen untersagt.
660 Sie sprachen: „Edler Junker mein,
Gott heiß' euch hier willkommen sein!"
„Min leiwe Süsterkindekin,

---

1) S. o. V. 590.

Gott lat' juch immer fröhlich sin!"[1]
Ihm lief entgegen voll Verlangen
665 Das Schwesterlein, ihn zu umfangen.
Da sprach er zu der Schwester:
„Gratia vester."
Die Jungen sprangen schnell voran,
Die Alten liefen hinterdran.
670 Sie küßten ihn unzähl'ge Mal.
Zum Vater sprach er: „Dên sal";[2]
Und zu der Mutter sprach er da
Auf Böhmisch gleich: „Dobraytrà".[3]
Die Alten sah'n einander an,
675 Der Mann das Weib, das Weib den Mann.
Die Hausfrau sprach: „Herr Ehewirt,
Hier hat uns jemand angeführt;
Es ist nicht unser Sohn, o nein,
Böhm' oder Wende muß er sein."
680 Der Vater drauf: „Ein Welscher ist
Der Mann, doch der vor kurzer Frist
Fortritt, mein Sohn, ist's nimmermehr
Und gleicht ihm wahrlich doch so sehr."
Drauf seine Schwester Gotelind:
685 „Er ist nicht euer beider Kind.
Er gab mir Antwort auf Latein.
Er wird wohl gar ein Pfaffe sein."

„Wahrhaftig", sprach nun auch der Knecht,
„Verstand ich seine Worte recht,
690 So ist er aus dem Niederland,
Vielleicht auch aus dem Land Brabant.
Er sprach: „Min leive Süsterkinning".[4]
Er mag wohl sein ein rechter Pläming.

---

1) Die Narrheit der Deutschen, fremdsprachliche Brocken in ihre
Rede zu mischen ist so alt, wie ihre Kultur. Die höfischen Kreise ge=
brauchten anfangs besonders französische Flöskeln, wie teilweis noch heute,
dann wurde auch niederdeutsch, besonders vlämisch, slavisch und auch la=
teinisch Mode. Helmbrecht wendet in der folgenden Begrüßung das alles
an, um sich einen vornehmen Anstrich zu geben. Zunächst niederdeutsch:
„Mein liebes Schwesterkind, Gott lasse euch immer fröhlich sein." „Schwester=
kind" soll hier wohl nur Ausdruck herablassender Freundlichkeit sein.
2) altfranzösisch = dieu vous salue.
3) slavisch: „guten Tag" (dobra ytra).
4) kinning, niederdeutsche Koseform.

Der Vater fragte schlecht und recht:

695 „Bist du mein Sohn, bist du Helmbrecht?
Gleich drück' ich an mein Herz dich, sieh,
Sprich nur ein Wort wie wir und die,
Wie unsre Väter einst gethan,
Damit ich's auch verstehen kann.

700 Du sprichst nur immer: Dêu sal;
Ich weiß nicht, was das heißen soll.
Viel deiner Mutter Ehr' und mir,
Das woll'n wir immer danken dir.
Sprich nur ein einz'ges deutsches Wort,

705 Ich striegle dir den Hengst sofort,
Ich selber, nicht etwa mein Knecht.
Mein liebes Kind, mein Sohn Helmbrecht,
Dir blühe Glück und Freude nur!"
„Wat seggt ji da, ji lütte[1]) Bur,

710 Un wat so'n dämlich olles Wief?[2])
Min Pierd[3]) un minen stolten Lief[4])
Soll nimmermehr ein Buersmann
Mit sinen Poten[5]) griepen[6]) an!"
Der Wirt erschrak bei diesem Wort

715 Gar sehr, doch fuhr er also fort:
„Bist du mein Sohn, bist Helmbrecht? Nun,
So koch' ich dir noch heut ein Huhn
Und eines brat' ich dir dazu,
Das schwör' ich dir in Wahrheit zu.

720 Doch bist du Helmbrecht nicht, mein Sohn,
So mach' dich auf, troll' dich davon
Nach Böhmen oder Wendenland,
Wo deine Stimm' ist wohl bekannt.
Ich hab' genug mit mir zu schaffen:

725 Ich geb' auch keinem Pfaffen
Mehr als er fordern kann mit Recht.
Seid ihr nun nicht mein Kind Helmbrecht,
Hätt' ich dann alle Fisch' im Land,
Ihr wüschet euch doch keine Hand

730 An meinem Tische, sie zu essen.

---

1) llein, verächtlich.   2) Weib.   3) Pferd.
4) Leib.   5) Pfoten.   6) greifen.

Ihr habt auch sicher nicht vergessen,
Kamt ihr aus Flandern und Brabant,
Kamt weit ihr her aus welschem Land,
Den eignen Sack auch mitzubringen.
735 Ja, nimmer sollt' es euch gelingen,
Zu rühren an mein Gut fürwahr,
Währt' diese Nacht auch noch ein Jahr.
Ich habe weder Met noch Wein;
Nein, Junker, kehrt bei Herren ein!"
740 Nun war's schon spät geworden,
Da kam dem Gast von Ritters Orden
Zur rechten Zeit ein guter Rat:
„So helf' mir Gott in seiner Gnad';
Euch zu gestehn bin ich bereit,
745 Es ist kein Wirt hier weit und breit,
Bei dem ich fände Unterkunft.
Ich war nicht völlig bei Vernunft,
So fremder Red' mich zu versehn.
Es soll auch nimmermehr geschehn."
750 Drauf fuhr er fort: „Ich bin's, seht her!"
„Ja", sprach der Vater, „sagt nur, wer?"
„Der sich gerad' so nennt wie Ihr!"
Der Vater sprach: „Den nennet mir!"
„Ich heiße kurz und gut Helmbrecht,
755 Und euer Sohn und euer Knecht
War ich noch bis vor einem Jahr.
Was ich euch sage, das ist wahr."
Der Vater sprach: „Das lüget ihr."
„Und doch ist's wahr." — „Dann nennet mir
760 Die Ochsen alle vier im Stall."
„Das thu' ich hier und überall.
Hab' ich so lang sie doch gepflegt,
Mit meinem Stecken sie bewegt.
Der eine, der heißt Auer.
765 Und wär' auch wohl ein Bauer
An Gut und Ehre noch so reich,
Er zierte doch sein Bauernreich.
Der zweite Ochse Räume hieß;
Ein Tier, so stark und schön wie dies
770 Ward wahrlich nie gespannt ins Joch.

Jetzt nenn' ich euch den dritten noch:
Behalten hat's mein starker Geist,
Daß dieser dritte Erge heißt.
So kann ich all' sie nennen.
775 Wollt ihr mich nun erkennen?
Der vierte Sonne ist genannt,
Sind mir nun alle vier bekannt,
So laßt es mich genießen,
Heißt mir das Thor erschließen."
780   Da rief der Vater: „Thür und Thor!
Nicht länger sollst du stehn davor.
Und Küch' und Keller, Schrank und Schrein,
Das soll dir alles offen sein."
    Verwünscht mein Unglück! Wahrlich, nie
785 Ward mir so gut gethan, wie hie
Dem Burschen, der aus Saus und Braus
Heimkehrt in seines Vaters Haus!
Sein Pferd ward ihm besorgt sogleich,
Gebettet ward ihm wunderweich
790 Von Mutter und von Schwester.
Der Speise allerbester,
Der gab der Vater reichlich hin.
Wo sonst ich auch gewesen bin,
Ich fand noch nirgends eine Stätte,
795 Wo man mich so gepfleget hätte.
Die Mutter sprach zur Tochter: „Auf!
Was stehst du noch? mach' hurtig, lauf
Und reich' mir aus der Kammer gleich
Ein Polster und ein Kissen weich.
800 Draus ward ihm, breit genug und lang,
Ein Pfühl auf warmer Ofenbank.
Da ruht er nun gar sanft und schlief,
Bis man ihn leis zum Essen rief.
Und als den Knaben man geweckt,
805 Da war auch schon der Tisch gedeckt:
Die Hände wusch er sich, und jetzt
Hört, was man ihm da vorgesetzt.
Ich nenn' euch gleich den ersten Gang:
Wär' ich ein Herr auch von Fürstenrang,
810 Ich wär' es wohl zufrieden,

Wär's mir nur so beschieden
Ein Sauerkraut,[1]) geschnitten sein,
Und gutes Fleisch gelegt hinein,
An Fett und magren Stücken reich.
815 Vernehmt vom zweiten Gang sogleich:
Ein fetter Käse, mürb und zart,
War's, der jetzt aufgetragen ward.
Nun höret, was ich mehr noch weiß.
Nie ward am Spieß mit größrem Fleiß
820 Noch feister eine Gans gebraten:
Wie fröhlich sie das thaten!
Sie gönnten's alle ihm so gern!
Der größte Vogel nah und fern
War diese Gans, gleich einer Trappe,
825 Die mußt' verspeisen nun der Knappe.
Ein Huhn gebraten, eins gesotten,
So wie der Wirt vorher geboten,
Die wurden auch noch aufgetragen.
Ein edler Herr, der just beim Jagen
830 Lang auf dem Anstand müßte stehn,
Der möcht' solch Essen nicht verschmähn.
Noch manche Speise brachte man,
Die sonst nicht kennt der Bauersmann;
Die gaben sie dem Knaben,
835 Den Leib daran zu laben.
Der Vater sprach: „Und hätt' ich Wein,
Er müßte heut' getrunken sein.
Mein lieber Sohn, nun trinke heut'
Vom klaren, frischen Quell, der weit
840 Im Land der allerbeste ist;
's giebt keinen, der sich mit ihm mißt,
Als höchstens zu Wanghausen[2]) der,
Den aber trägt uns niemand her.“
Als sie in Freuden aßen,
845 Da konnt's nicht länger lassen

---

1) Noch heute ist nach Keinz in jenen Gegenden Sauerkraut das
erste Gericht bei jedem bäuerlichen Mahle.
2) an der Salzach, s. Einl. S. 70. Die Bezeichnung „das goldene Brünnel“ findet sich übrigens mehrfach in Tirol.

Der Vater, ihn zu fragen
Nach höfischem Betragen,
Wie er's gelernt bei Hof jetzund.
„Mein Sohn, die Sitten thu mir kund,
850　So bin auch ich dazu bereit,
Zu sagen, wie vor langer Zeit
In meinen jungen Jahren
Die Leut' ich sah gebahren."
„Ach Vater, das erzähle jetzt,
855　Ich geb' auch Antwort dir zuletzt
Auf aller deiner Fragen Ziel.
Der neuen Sitten kenn' ich viel."
　„Vor Zeiten, da ich war noch Knecht,
Hat mich mein Vater schlecht und recht
860　— Großvater war er dir genannt —
Oftmals nach Hofe hingesandt
Mit Käse und mit Eiern,
Wie 's heut' noch Brauch bei Meiern.
Da hab' die Ritter ich betrachtet
865　Und alles ganz genau beachtet.
Sie waren edel, kühn und treu,
Von Trug und niederm Sinne frei,
Wie 's leider heut' nicht oft zu schau'n
Bei Rittern und bei Edelfrau'n.
870　Die Ritter wußten manches Spiel,
Das edlen Frauen wohlgefiel.
Eins wurde Buhurdier'n genannt,
Das that ein Hofmann mir bekannt,
Als ich ihn nach dem Namen fragte
875　Des Spiels, das da so wohl behagte.
Sie rasten dort umher wie toll
— Drob war man ganz des Lobes voll —
Die einen hin, die andern her.
Jetzt sprengte dieser an und der,
880　Als wollt' er jenen niederstoßen.
Bei meinen Dorfgenossen
Ist selten solcherlei geschehn,
Wie dort bei Hof ich's hab' gesehn.
Als sie vollendet nun das Reiten,
885　Da sah ich sie im Tanze schreiten

Mit hochgemutem Singen:[1])
Das läßt Kurzweil gelingen.
Bald kam ein muntrer Spielmann auch,
Der hub zu geigen an, wie 's Brauch.
890 Da standen auf die Frauen,
Holdselig anzuschauen.
Die Ritter traten jetzt heran
Und faßten bei der Hand sie an;
Da war nun eitel Wonne gar
895 Bei Frauen und der Ritterschar
Ob süßer Augenweide.
Die Junker und die Maide,
Sie tanzten fröhlich allzugleich
Und fragten nicht, ob arm, ob reich.
900 Als auch der Tanz zu Ende war,
Da trat ein Sänger in die Schar
Und las von einem, Ernst genannt;[2])
Und was von Kurzweil allerhand
Am liebsten jeder mochte treiben,
905 Das fand er dort: Nach Scheiben
Mit Pfeil und Bogen schoß man viel;
Die andern trieben andres Spiel,
Sie freuten sich am Jagen.
O weh, in unsern Tagen
910 Wär' nun der Beste, das ist wahr,
Wer dort der Allerschlecht'ste war.
Da wußt' ich wahrlich, was uns mehrt
Die Ehr' und auch was sie verkehrt.
Die falschen, losen Gesellen,
915 Die boshaft sich verstellen
Und Recht und Sitte höhnen —
Niemand wollt's ihnen gönnen,
Zu essen von des Hofes Speise.

_____ ____

1) s. o. zu V. 92.
2) Spielmannsdichtung von Ernst von Schwaben, dem Stiefsohne Konrads II., nach lateinischer Vorlage im 12 und 13. Jahrh. öfter in deutschen Versen, endlich im 15. Jahrh. in Prosa bearbeitet. Zur Zeit des Dichters war also gewiß das Gedicht des 13. Jahrh. als litterarische Neuigkeit gemeint. — Zu der ganzen Schilderung ist zu vergleichen der Eingang des Iwein S. 50.

7*

Heut' ist bei Hofe weise,
920 Wer schlemmen und betrügen kann;
Der ist bei Hof der rechte Mann
Und hat an Geld und Gut und Ehr'
Ach, leider immer noch viel mehr
Als einer, der rechtschaffen lebt
925 Und fromm sich Gottes Huld erstrebt.
So viel weiß ich von alter Sitte;
Nun, Sohn, thu mir die Ehr', ich bitte,
Erzähle von der neuen nun."
„Das, Vater, will ich treulich thun.
930 Jetzt heißt's bei Hof nur: Immer drauf,
Trink, Bruder, trink, und sauf und sauf,
Trink dies, so sauf' ich das, juchhe!
Wie könnt' uns wohler werden je?
Nun höre, was ich sagen will:
935 Einst fand man edler Ritter viel '
Bei schönen, werten Frauen.
Heut' kann man sie nur schauen,
Wo unerschöpflich fließt der Wein.
Und nichts macht ihnen Müh und Pein
940 Vom Abend bis zum Morgen,
Als nur das eine Sorgen,
Wenn nun der Wein zur Neige geht,
Ob sie der Wirt auch wohl berät
Und neuen schafft von gleicher Güte.
945 Da suchen Kraft sie dem Gemüte.
Ihr Werben und ihr Minnen
Gilt schönen Schenkerinnen:
Komm, süßes Mädchen, füll' den Krug,
's giebt Narr'n und Affen noch genug,
950 Die statt zu trinken ihren Leib
Elend verhärmen um ein Weib.
Wer lügen kann, der ist ein Held,
Betrug ist, was bei Hof gefällt,
Und wer nur brav verleumden kann,
955 Der gilt als rechter höf'scher Mann.
Der Tüchtigste ist allerorten,
Wer schimpft mit den gemeinsten Worten.
Wer so altmodisch lebt wie ihr,

Der wird bei uns, das glaubet mir,
960 In Acht und schweren Bann gethan.
Und jedes Weib und jeder Mann
Liebt ihn nicht mehr noch minder
Als Henkersknecht und Schinder.
Und Acht und Bann ist Kinderspott." [1]
965 Der Alte sprach: „Erbarm' sich Gott!
Ihm klag' ich täglich neu das Leid,
Daß sich das Unrecht macht so breit.
Dahin ist der Turniere Pracht,
Dafür hat neues man erdacht.
970 Einst rief man kampfesfreudig so:
Frisch auf, Herr Ritter, frisch und froh!
Jetzt aber schallt's an allen Tagen:
Hussah, Herr Ritter, frisch auf zum Jagen,
Stich hier und schlag zu Tode den,
975 Und blende, wer zu gut kann sehn.
Dem dort hau frisch nur ab das Bein,
Den laß der Hände ledig sein.
Laß den am nächsten Baume hangen,
Doch jenen Reichen nimm gefangen,
980 Er zahlt uns gerne hundert Pfund."
„Mir sind die Sitten alle kund,
Mein Vater, und ich könnte eben
Von diesem neuen Brauch und Leben
Noch viel erzählen, doch heut' nicht mehr;
985 Ich ritt den ganzen Tag umher,
Und mich verlangt nach Ruhe nun."
Man mocht' ihm gern den Willen thun.
Bettlaken waren dort noch fremd,
Allein ein neugewaschen Hemd,
990 Das breitete gar linde
Ihm übers Bett Gotlinde;
Da schlief er bis zum hellen Tage.
Vernehmt, was ich euch weiter sage.
Nicht mehr als billig ist's und recht,
995 Daß nun der junge Helmbrecht
Aus seinem Ranzen ausgepackt,

1) Geistliches und weltliches Gericht wird nichts geachtet.

Was er bei Hofe eingesackt
Für Vater, Mutter, Schwesterlein.
Was mögen das für Dinge sein?
1000 Ja kenntet ihr die schönen Sachen,
Ihr müßtet weidlich drüber lachen.
Dem lieben Vater schenkt' der Herr
Den besten Wetzstein — nimmermehr
Trug noch im Gurte solchen Stein
1005 Ein Bau'r — und eine Sense sein,
Wie keine zweite schnitt durchs Gras;
Echt Bauernkleinod nenn' ich das.
Dazu ein Beil von solchem Schlag:
So lang ein Schmied auch schmieden mag,
1010 Ein solches schmiedet er doch nicht.
Auch eine Hacke von Gewicht
War da, und einen Fuchspelz fein,
Den schenkt' er seinem Mütterlein,
Der Knabe Helmbrecht, jung und keck.
1015 Er nahm ihn einem Pfaffen weg,
Doch ob geraubt, ob nur gestohlen,
Das sollt' euch bleiben unverhohlen,
Wär's mir nur selber kundgethan.
So hatt' er einem Krämersmann
1020 Ein seiden Kopftuch einst genommen,
Das mußt' nun Gotelind bekommen.
Und eine Borte, goldbeschlagen,
Die wahrlich besser sollte tragen
Wohl eines hohen Herren Kind,
1025 Schenkt' er der Schwester Gotelind.
Dem Knecht aus ganz besondrer Gunst
Gab Riemen = Schuh' er; keinem sonst
Hätt' er so weit aus fernem Land
Sie hergebracht mit eigner Hand.
1030 Er war so höfisch durch und durch:
Schritt er noch in der Ackerfurch',
Er ließ den Knecht wohl barfuß gehn.
Der Freimagd[1]) gab er fein und schön

---

1) Sie ist friwip, wie der Knecht friman, d. h. nicht leibeigen,
sondern im Mietsverhältnis stehend. Sie erhalten Haus und Acker und
müssen dafür bestimmte Dienste leisten.

Ein Kopftuch und ein rotes Band.
1035 Wie nötig das die Dirne fand!
Nun sprecht, wie lange hielt's noch aus
Der Bursch in seines Vaters Haus?
Nur sieben Tage sind's fürwahr,
Die Zeit doch däucht' ihn fast ein Jahr,
1040 Daß er nicht übte mehr den Raub.
Sogleich begehrt' er Urlaub
Von Vater und von Mutter.
„Ach, lieber Sohn, du guter,
Vermagst du's, hier zu leben:
1045 Was ich dir hab' zu geben,
Das geb' ich dir, so lang ich bin.
Setz' dich mit uns zum Essen hin,
Geh' nicht mehr ruhlos aus und ein
Und laß die höf'schen Sitten sein;
1050 Die sind so bitter oft und sauer.
Viel lieber bin ich doch ein Bauer
Als so ein armer Rittersmann,
Der nie von eignem Gut gewann
Den Zins und muß zu allen Zeiten
1055 Um's liebe Leben reiten.[1])
Am Abend wie am Morgen
Plagt ihn nur Angst und Sorgen,
Daß er von Feinden werd' gefangen,
Verstümmelt oder aufgehangen.“
1060 • „Hör', Vater“, hub der Junge an,
„Was du mir gastlich angethan,
Vergelt' ich dir mit stetem Dank.
Doch seit ich keinen Wein mehr trank,
Ist mehr als eine Woche her;
1065 Drum muß ich schon drei Löcher mehr
Den Gürtel schnallen mir zurück.
Der Rinder brauch' ich etlich Stück,
Eh' ich die Schnalle wiederseh',
Wo sie so fest gesessen eh.

---

1) Damals blickten die freien Bauern oft stolz auf die besitzlosen, abenteuernden Ritter herab, und diese heirateten sehr gern in solche Bauerngüter hinein, wenn nur der Bauer nicht zu stolz war, seine Tochter zu geben. Vgl. G. Freytag, Brüder vom deutschen Hause.

1070 Jetzt heißt es: Lustig durch das Land!
Die Rinder aus dem Pflug gespannt!
Ich will nicht ruhen Tag und Nacht,
Bis wieder mir in alter Pracht
Das Bäuchlein strotzt. Ein reicher Mann
1075 Hat mir das größte Leid gethan,
Das je ein Mann mir zugefügt.
Ich sah ihn jüngst noch ganz vergnügt
Durch meines Paten Saatfeld reiten.
Ereil' ich ihn, mit ihm zu streiten,
1080 Er soll's bezahlen mir mit Haufen.
Ja seine Rinder sollen laufen,
Und all' sein Vieh, die Schaf' und Schwein',
Weil er dem lieben Paten mein
Die saure Arbeit so zertrat:
1085 Schwer kränkt mich diese Missethat.
Noch ist ein andrer reicher Mann,'
Der hat mir auch viel Leids gethan:
Der aß zu seinen Krapfen Brot![1]
Rächt' ich das nicht, ich wäre tot.
1090 Und einen dritten kenn' ich noch,
Der that mir an das schlimmste doch
Von allem, was ich sonst gelitten.
Und wollt' ein Bischof für ihn bitten,
Ich ließe meine Rache nicht
1095 Für alles, was mir zugefügt."
„Was war das?" sprach der Vater drauf.
„Er schnallte seinen Gürtel auf,
Dieweil er saß bei Tische.
Hei, wenn ich ihn erwische!
1100 Und alles, was da heißet sein,
Das muß noch alles werden mein.
Was ihm den Pflug zieht und den Wagen,
Davon will ich noch fröhlich tragen
Ein neu Gewand zum Weihnachtsfest.
1105 Wie ich's auch anseh', das steht fest.

---

[1] Unhöfisches Betragen, weil die feinen Krapfen und das grobe
Brot nicht zusammenpassen. Unhöfisches Betragen kennzeichnet auch die
folgenden Vorgänge, die Helmbrecht angeblich beleidigt haben.

Was denkt sich so ein dummer Gauch
Und noch so mancher andre auch,
Der mir gethan solch Herzeleid?
Ja, ließ ich ungerächt das heut',
1110 So wär' ich wohl ein feiger Wicht.
Noch einer kannte Sitte nicht.
Er blies von seinem Bier den Schaum.
Laß' ich ihn straflos, werd' ich kaum
Der Gunst der Frauen wieder wert
1115 Und will kein ritterliches Schwert
An meiner Seite wieder tragen.
Lebt wohl! Ihr sollt in wenig Tagen
Von Helmbrecht Märe hören,
Wie er kann weite Höfe leeren;
1120 Und sind' ich nicht den Herrn im Haus,
So raub' ich doch die Ställe aus."
    Der Vater sprach: „Nun nenne mir
(Ich will's dir danken für und für)
Die lieben Freunde dein, die Knaben,
1125 Die solches dich gelehret haben,
Daß du den Reichen kurz und gut
Mußt strafen um sein Hab und Gut,
Wenn zu den Krapfen Brot er aß?
Wer sind die Freunde? Sag' mir das."
1130   „Das ist mein Kamerad Lämmerschling
Und Schluckdenwidder, die solche Ding
Mich eben lehrten mit Bedacht.
Nun nenn' ich mehr dir noch, gieb Acht:
Der Höllensack und Rüttelschrein,
1135 Das sind die lieben Meister mein,
Und Kirchenraub und Kühefraß.[1]
Vielliebe Freunde sind mir das.
Seht, Vater, von so edlem Stand
Sind diese sechs, die ich genannt.
1140 Wolfsrachen heißt ein andrer Freund,
So treu der's mit den Seinen meint,
Mit Muhme, Base, Oheim, Vetter,

---

[1] Solche Beinamen waren in der Raubritterzeit allgemein bekannt.
Sie kennzeichnen die rohe und wüste Zeit.

Daß er beim schlimmsten Winterwetter
Kein Hemde läßt an ihrem Leib.

1145 Er läßt dem Manne wie dem Weib
Nichts ihre Blöße zu bedecken
Und ist für Freund und Feind ein Schrecken.
Mein lieber Freund Wolfsrüssel,
Der öffnet ohne Schlüssel

1150 Jedwedes Schloß und jede Truh'!
Ich zählt' im Jahre nahezu
Wohl hundert Kasten, klein und groß,
Von denen sprang sogleich das Schloß,
Trat er gemächlich nur dazu.

1155 Pferd, Ochsen und gar manche Kuh
Sind ungezählt geblieben,
Die er vom Hof getrieben,
Denn hurtig sprang von jedem Thor
Das Schloß, sobald er trat davor.

1160 Noch kenn' ich einen Zechkumpan,
Wahrlich, kein Knappe noch gewann
So edlen Namen von zartem Sinn!
Den gab ihm eine Herzogin,
Die edele und freie

1165 Vom Land Monarrnarreie.[1])
Der liebe Freund heißt Wolfesdarm.
Es mag nun kalt sein oder warm,
Des Raubes wird er nimmer voll.
Diebstahl thut ihm so innig wohl,

1170 Daß er ihn niemals satt bekommt;
Er fragte niemals noch, was frommt,
That nie zum Guten einen Schritt
Und wird auch künftig seinen Tritt
Nur lenken zu neuer Missethat,

1175 Wie Krähen nach der jungen Saat."
Der Vater sprach: „Nun sage mir,
Welch Namen gaben sie denn dir,
Die feinen guten Gesellen dein
In eurem traulichen Verein?"

---

1) Phantasiename, an Navarra mit der Nebenbeziehung auf Narr
anklingend.

1180 „Herr Vater, wie man mich benannt,
Der Name bringt mir nimmer Schand'.
Sie heißen Schlingdasland mich dort.
Die Bauern ringsum Ort für Ort,
Die haben selten Freud' an mir,
1185 Denn ihren Kindern müssen schier
Den Mehlbrei sie mit Wasser kochen.[1]
Ja, schlimmer geht's noch ihren Knochen.
Dem einen schlag' ich aus das Aug',
Den andern häng' ich in den Rauch;
1190 Den bind' ich ins Ameisennest,
Und dem zieh' ich aufs allerbest
Mit Zangen aus dem Bart das Haar;
Dem schind' die Haut ich ganz und gar
Vom Kopf, dem brech' ich Arm und Bein,
1195 Und dieser muß gehenket sein
Mit seinen Füßen an die Weide.[2]
Ihr Gut zu nehmen macht mir Freude.
Und wenn wir auch nur unser zehn,
Und zwanzig Bauern uns umstehn,
1200 Und wären mehr noch auf dem Plan,
Um ihre Ehr' wär's doch gethan."
„Mein lieber Sohn, die du da nennst,
Obwohl du sie genauer kennst
Als ich, — so wisse doch, mein Kind,
1205 Wenn sie auch noch so tapfer sind:
Will Gott sie endlich fällen,
So müssen sie sich stellen,
Wohin der Henkersknecht es will,
Und wären ihrer noch so viel."[3]

---

1) statt mit Milch. So ging es nur bei den ärmsten Leuten her.
2) Vgl. V. 974 ff. Ähnliche Greuelthaten aus dem 30jährigen Kriege werden im Simplicissimus beschrieben.
3) Genauer übersetzt heißt es: „So kann ein Scherge bewirten, daß sie treten müssen, wie er will." Darin ist ein alter Aberglaube ausgesprochen, nach welchem gewisse Menschen, besonders aber die Scher= gen, eine geheimnisvolle Macht auf ihre Opfer ausüben, wie etwa ein Vogel im Bann des Schlangenblicks gehalten wird. Nach Keinz nannte man diese Kunst den „Schergenbann" und nennt es noch heute das „Anbinden". Vgl. dazu unten V. 1511 ff.

1210 „Nun denn, was ich bisher noch that,
Um keines Königs Bitt' und Rat
Will ich das fürderhin noch thun.
Ich habe manche Gans, manch Huhn,
Und Rinder, Käse, Futter
1215 Geschützt dir und der Mutter
Vor meiner Freunde grimmem Mut;
Das laß' ich künftig, kurz und gut.
Ihr schmähtet wahrlich allzusehr
Der braven Kameraden Ehr',
1220 Wiewohl doch keiner Übles thut.
Diebstahl und Raub, das ist nur gut.
Ja, hättet ihr's euch nicht verscherzt
Und mir gesagt, was mich so schmerzt,
Eu'r Töchterlein Gotlinde,
1225 Die hätt' ich gar geschwinde
Dem braven Lämmerschling gegebbn;
Da hätte sie das schönste Leben,
Das nur ein Weib bei einem Mann
Jemals auf dieser Welt gewann.
1230 Pelzwerk und feines Leingewand,
Wie man es je in Kirchen fand,
Das gäb' er ihr im Überfluß,
Wenn ihr mir nicht so zum Verdruß
Die scharfen Worte hier gesprochen.
1235 Und wollt' sie alle Wochen
Ein ganzes Rind allein verzehren,
Er könnt' es wahrlich ihr gewähren.
[1])Nun hör', Gotlind, mein Schwesterlein:
Als Lämmerschling, der Geselle mein,
1240 Mich jüngst noch bat um deine Hand,
Da hab' ich dieses ihm bekannt:
Wenn's sich so füget dir und ihr,
Daß dein sie wird, dann, glaube mir,
Fühlst nimmer du drum Reue.
1245 Sie ist ein Weib so voller Treue,
Daß sie dich einst — drum sei nicht bang —

---

1) Hier beginnt ein neues Gespräch, welches die Eltern nicht
mehr hören.

Nicht lange hängen läßt am Strang.
Mit eigner Hand nimmt sie dich ab
Und schleppt dich in ein ehrlich Grab
1250 Am Kreuzweg.[1]) Sicher kannst du sein,
Daß Weihrauch sie und Myrrhen fein
Dir bringt und also treu bedacht
Dein Grab umwandelt jede Nacht,
Bis hingegangen ein ganzes Jahr.
1255 's ist, lieber Freund, wahrhaftig wahr,
Sie wird umräuchern dein Gebein:[2])
So gut ist sie, so treu und rein.
Doch hat die Blindheit deinem Wert
Ein gütiges Geschick beschert:
1260 Sie leitet dich durchs ganze Land
Auf Weg und Steg mit ihrer Hand.
Und wird der Fuß dir abgeschlagen,
So wird sie dir die Krücken tragen
Zum Bette jeden Morgen.
1265 Und sei nur ohne Sorgen:
Wenn man dir außer deinem Fuße
Noch eine Hand abhaut zur Buße,
Sie würde bis an deinen Tod
Dir sorglich schneiden Fleisch und Brot."
1270 Zu mir sprach Lämmerschling sodann:
„Will deine Schwester mich zum Mann,
Zur Morgengab' will ich ihr geben,
Davon sie mag in Freuden leben.
Ich habe voller Säcke drei,
1275 Die sind fürwahr so schwer wie Blei.
Der eine birgt, voll bis zum Rand,
Viel unverschnittne Leinewand,
Gar köstlich, wer sie auch begehrt.

---

1) Wo die Verbrecher verscharrt wurden. Im folgenden wird der
üblichen Strafen gedacht, welche den Räubern bevorstanden, wenn sie
gefangen wurden. Dazu kommt noch die Lynchjustiz der Bauern, welcher Helmbrecht schließlich selbst verfiel. — Wie ist dieser Teil der Rede
Helmbrechts wieder anzufassen? Vgl. oben zu V. 590 und V. 920 ff.
Welche Forderung, die wir an die Dichter stellen, ist hier wie an den
bezeichneten Stellen nicht erfüllt? Oder will der Dichter hier absichtlich
die Rohheit Helmbrechts beleuchten?
2) Noch heute üblich. Man geht räuchernd um den Toten herum.

　　　Die Ell' ist fünfzehn Kreuzer[1]) wert:
1280　Das wird Gotlind gefallen.
　　　Im andern stecken Ballen
　　　Von Schleifen, Kleidern, Rock und Hemd.
　　　Ihr soll die Armut werden fremd.
　　　Werd' ich ihr Mann und sie mein Weib,
1285　So soll sie schmücken ihren Leib
　　　Wahrhaftig gleich am nächsten Tage.
　　　's ist alles ihr, was ich erjage.
　　　Der dritte Sack ist vollgepfropft
　　　Und bis zum Platzen vollgestopft
1290　Mit feinsten Zeugen wunderbar
　　　Und Scharlach Tuch, das ganz und gar
　　　Mit Pelz gefüttert ist wie Flaum.
　　　Und ringsum ziert des Kleides Saum
　　　Ein Ding, heißt schwarzer Zobelpelz.
1295　Ganz nah hiebei, tief im Gehölz,
　　　In einer Schlucht hab' ich's verborgen.
　　　Das geb' ich ihr am nächsten Morgen."
　　　Um all das bracht' des Vaters Spott
　　　Dich, Gotelind; behüt' dich Gott!
1300　Dein Leben wird dir sauer.
　　　Und nimmt dich endlich noch ein Bauer
　　　Zu seinem Weib in rechter Eh',
　　　So geht erst an das rechte Weh.
　　　Mußt auf dem Acker dich dann plagen,
1305　Mußt Flachs ihm brechen, schwingen, schlagen,[2])
　　　Mußt Rüben aus der Erde graben:
　　　Du könntest's wahrlich besser haben
　　　Bei meinem Freunde Lämmerschlind.[3])
　　　O weh, lieb' Schwester Gotelind,
1310　Es muß mich ewig kränken,
　　　Willst du dein Herz einst schenken

---

1) Nach Keinz gab es im 13. Jahrhundert in Tirol Kreuzer, von
denen etwa 30 = 1 M. R.=W. waren.
2) Die drei ersten Stadien der Behandlung des Flachses.
3) Im Original heißt der Name Lemberslind (slinden = schlingen
vgl. unser Schlund) und reimt fast immer mit Gotelind. Verschiedene
Gründe ließen es wünschenswert erscheinen, diese Reimstellung und daher
in ihr die mittelhochdeutsche Form des Namens beizubehalten.

Dem ungeschlachten Bauern   nein,
Solch Minnen wird dir nur zur Pein!
Weh deinem Vater, dreimal Weh,
1315 Er hat an allem Schuld von je!"
    „Ach lieber Bruder Schlingdasland,
Gott segne fürder deine Hand"
    — So sprach jetzt Schwester Gotelinde —
„Schaff, daß mir Lämmerschling geschwinde
1320 Gegeben wird zum Manne.
Dann prasselt mir die Pfanne,
Dann trink' ich allerbesten Wein,
Und voll ist jeder Schrank und Schrein.
Mir wird gebraut das beste Bier,
1325 Das feinste Mehl gemahlen mir.
Und hab' ich erst die Säcke drei,
So bin ich aller Armut frei,
So kann ich essen, kann mich decken;
Was sollte fürder mich noch schrecken?
1330 Dann ist mir alles ja gewährt,
Was nur ein Weib vom Mann begehrt.
Auch bin ich willig und bereit
Zu allem, was den Mann erfreut
An einem treuen Weibe,
1335 Frisch und gesund am Leibe.
Der Vater hält mich nur noch hier.
Nun, lieber Bruder, schwöre mir,
Was ich jetzt rede, das verschweig!
Ich folge dir zum schmalen Steig
1340 Die Kienleit'¹) hin, bald zu erwarmen
In meines Trautgesellen Armen."

Die Eltern haben dies Zwiegespräch nicht mehr gehört (s. oben
B. 1238). Helmbrecht, erfreut über Gotelindens Entschluß, verspricht
ihr einen Boten zu senden, wenn die Hochzeit vorbereitet sei. Ihm solle
sie folgen. Damit reitet er fort.

Als Lämmerschling er kund gethan,
Wes seine Schwester sich versann,
Da küßt' er selig ihm die Hand,

¹) Der noch heute so benannte steile Abhang, eine Viertelstunde
vom Helmbrechtshof, über welchen der schmale Steig auf die Hochebene
führt, s. Einl. S. 71 und das Kärtchen.

1345 Gesicht und Mund und sein Gewand,
     Und grüßte minniglich die Winde,
     Die zu ihm wehten von Gotlinde.¹)
          Von großem Leid laßt euch nun sagen.
     Es mußten Hab und Gut beklagen
1350 Der Witwen und der Waisen Schar.
     Im Lande rings groß Trauern war,
     Als Lämmerschling, der edle Held,
     Und die er sich zum Weib erwählt
     Den Brautstuhl rüsten ließen.
1355 Was in den Schlund da sollte fließen,
     Das ward weither herbeigeschafft.
     Der edlen Knappen Mut und Kraft
     Nicht müßig durfte bleiben.
     Sie mußten zieh'n und treiben
1360 Von früh bis spät auf Roß und Wagen
     Vorrat für Kehl' und Magen
     In Lämmerschlinges Vaterhaus.
     Der königliche Hochzeitsschmaus,
     Als Artus Frau Ginevren freite,
1365 Der war — so sagen mir die Leute —
     Ein Wind vor all der Zier und Pracht,
     Die Lämmerschling hier wett gemacht.
          Als alles nun vollendet schien,
     Schickt Helmbrecht seinen Boten hin.
1370 Der war zurück bald wie der Wind
     Und brachte mit sich Gotelind.
     Als Lämmerschling vernommen,
     Daß Gotelind gekommen,
     Da ging er ihr entgegen froh
1375 Und grüßt' mit höf'scher Zucht sie so:
     „Willkommen, Herrin Gotelind!"
     „Das lohn' euch Gott, Herr Lämmerschlind."
     Zärtliche Blicke flogen
     Wie Pfeile von dem Bogen
1380 Wohl zwischen beiden hin und her.
     Sie sah zu ihm, zu ihr sah er.
     Herr Lämmerschling schoß seinen Pfeil

---

1) Nach Art des ritterlichen Minnedienstes.

In Gotelindes Herz, dieweil
Er Nachdruck gab mit schönen Worten:
1385 Das war zu lohnen allerorten,
Wie's ziemte edler Weiblichkeit,
Gotlind, so gut es ging, bereit.
Nun geben wir der Gotelind
Zum Manne schnell den Lämmerschlind
1390 Und Lämmerschlind geschwinde
Soll freien Gotelinde.
Ein Mann stand auf in grauen Haaren,
Der war in Reden wohl erfahren
Und kannte diesen Brauch genau.
1395 Er stellte beide, Mann und Frau,
In einen Kreis und sprach sofort:
„Wollt, Lämmerschling, Gotlind ihr dort
Als ehlich Weib, so sprechet ja."
„Gern will ich", sprach der Bursche da.
1400 Zum zweiten Male fragt' er ihn;
„Ich will", sprach jener wie vorhin.
Zum dritten Mal der Alte fragte:
„Nehmt ihr sie gern?" Der Bursche sagte:
„So lieb, bei Gott, mir Seel' und Leib,
1405 Ich nehme gerne dieses Weib."
Zu Gotelinden sprach er dann:
„Wollt ihr zum ehelichen Mann
Den Herren Lämmerschling allhier?"
„Ja, Herr, wenn Gott ihn schenket mir."
1410 „Nehmt ihr ihn gern?" fragt' wieder er.
„Gern, Herr, gebt nur sogleich ihn her!"
Zum dritten: „Wollt ihr wirklich ihn?"
„Ja doch, ich sagt' es schon vorhin."
Da gab zum Weib er Gotelinde
1415 Herrn Lämmerschlind geschwinde
Und gab den edlen Lämmerschlind
Zum Mann der Jungfrau Gotelind.
Drauf sangen sie in Freud und Lust,
Er auf den Fuß ihr treten mußt'.[1]

---

[1] Zeichen der Besitzergreifung und zur Trauordnung gehörig.
Heute noch in vielen Gegenden als Scherz üblich. Auch die Braut sucht

1420   Nun ist das Essen auch bereit.
            So ist's für uns denn hohe Zeit,
            Dem Paare hier aus den Gesellen
            Die Hofbeamten zu bestellen.
            Der Marschall¹) wurde Schlingdasland,
1425   Der füllt' die Krippen bis zum Rand.
            Zum Schenken nahm man Schluckdenwidder,
            Und Höllensack ging hin und wieder
            Den Gästen Plätze anzuweisen.
            Als Truchseß mußte man ihn preisen,
1430   Dem nie getraut noch jung und alt.
            Der Rüttelschrein ward Kämmrer bald
            Und Küchenmeister Kühefraß.
            Der gab es gern, was man da aß;
            Und was man briet, und was man sott,
1435   Dazu gab Kirchenraub das Brot.
            Man fand wohl reich're Hochzeit kaum.
            Der Wolfesdarm und Wolfesgaum
            Und der Geselle Wolfesrüssel,
            Die leerten manche Schüssel
1440   Und manchen Becher, weit und tief;
            Der Wein da unerschöpflich lief.
            Da schwand den Burschen Speis' und Trank,
            Als bliese just da, Gang auf Gang,
            Ein schneller Wind vom Tische
1445   Das Wildbret und die Fische.
            Jeglicher schlang hinab, was dort
            Der Truchseß rührig fort und fort
            Ihm aus der Küche aufgetragen.
            Ja, sollte noch ein Hund benagen

---

dem Bräutigam auf den Fuß zu treten, denn man meint, daß der in
der Ehe das Regiment führen werde, der dem andern zuerst auf den
Fuß trete. Die ganze Stelle dient mit als Quelle für die Form der
Eheschließung im Mittelalter. Vergleiche dazu Verlöbnisse und Hoch=
zeiten im Nibelungenliede (Siegfried und Kriemhild, Giselher und Rü=
digers Tochter), Gudrunliede (die vier Hochzeiten), Parzival (Parzival
und Kondwiramur), Armen Heinrich (Schluß). Was ist daraus in Bezug
auf die Mitwirkung der Kirche zu schließen?

    1) marschalk eigentlich der Pferdeknecht (Stallmeister), daher hier
das Bild von dem Füllen der Krippen.

1450 Die Knochen, die man ihm gelassen,
Der konnte wenig dran erfassen.
Wohl wahr ist's, was ein Weiser singt,
Daß jeder gierig noch verschlingt
Von seiner Speise, was er kann,
1455 Wenn ihn der grimme Tod faßt an.
Drum schlemmten sie in Saus und Braus,
Denn dieses war ihr letzter Schmaus,
Bei dem sie lustig aßen
Und froh beisammen saßen.
1460   Gotlinde hub da plötzlich an:
„Ach, Lämmerschling, mein lieber Mann,
Mir schauert es durch Mark und Bein,
Es könnten Feinde nahe sein,
Die uns Verderben sinnen.
1465 Ach könnt' ich doch von hinnen!
Ach Vater, Mutter, daß zu euch
Mich nimmer führet Weg noch Steig!
Ich fürchte, daß Herr Lämmerschling
Mit seinen Säcken mir noch bring'
1470 Viel Schand', und Schaden noch dazu,
Das raubt mir Frieden nun und Ruh'.
Wie wohl wär' ich daheim geborgen;
Nun drücken mich die schweren Sorgen!
Des Vaters Armut wäre mir
1475 Viel besser als im Reichtum hier
Zu sitzen voller Angst und Pein.
Es muß ein wahres Sprichwort sein,
Was uns die Alten schon gelehrt,
Daß einer, der zu viel begehrt,
1480 Zuletzt nichts wird erlangen.
Habgieriges Verlangen
Verdammt des heil'gen Gottes Mund
Und stürzet in der Hölle Schlund.
Zu spät, ach, komm' ich zu Verstand.
1485 Daß ich dem Bruder nachgerannt
So hurtig mit vermeßnem Sinn,
Drob nimmt mich Schmerz und Reue hin."
So sah gar bald die arme Braut,
Viel besser sei's, das magre Kraut

8*

1490 Zu essen an des Vaters Tisch)
Als hier bei Lämmerschling den Fisch.
Als so sie nach dem Essen
Ein Weilchen noch gesessen,
Und mancher Spielmann reiche Habe
1495 Für seiner Späße lust'ge Gabe
Von Braut und Bräutigam genommen,
Da sah von ungefähr man kommen
Den Richter und vier Häscher bald.
Des Rechtes siegende Gewalt
1500 Warf nieder gleich die starken Zehn.
Ihm konnte niemand mehr entgehn,
Ob er geschlüpft ins Ofenloch,
Ob feig er unter Bänke kroch.
Wer sonst vor vieren noch nicht wich,
1505 Den ließ die große Kraft im Stich,
Wenn ihn ein Häscher bei dem Haar
Hervorzog; glaubt mir, es ist wahr:
Wie stark und kühn der Dieb auch sei,
Und schlüg' er auch auf einmal drei,
1510 Er muß vor Häschers Namen,
Hört er ihn nur, erlahmen.[1]
So wurden ohne Aufenthalt
Sie alle zehn durch Rechts Gewalt
Mit festem, starkem Eisenband
1515 Gebunden von des Schergen Hand.
Gotlind verlor ihr Brautgewand;
An einem Zaune man sie fand
Ohnmächtig im Elende.
Sie hatte nichts als ihre Hände,
1520 Die bloße Brust zu decken:
Dem Tode war sie nah vor Schrecken.
Was sonst ihr übles noch geschehn,
Mag künden, wer's mit angesehn.
Gott ist ein rechter Wundermann,
1525 Das zeigt euch die Geschichte an.
Und schlüg' ein Dieb ein ganzes Heer,

---

1) s. o. V. 1205 ff.

Vorm Schergen steht er nimmermehr.
Kommt der ihm nur von fern in Sicht,
Erlischt ihm gleich des Mutes Licht;
1530 Er wird vor Schrecken bleich und fahl.
Wie schnell er sonst war überall,
Ihn fängt ein lahmer Scherge leicht.
Der kühne Mut sogleich ihm schweigt,
Und Prahlerei wird plötzlich still,
1535 Wenn Gott der Herr selbst richten will.[1]
    Nun laßt euch noch erzählen,
Wie sich die Räuber quälen
Hin vor Gericht mit ihren Bürden,[2]
Auf daß sie dort gehangen würden.
1540 Der Gotelind bracht's wenig Freud',
Daß alsobald zwei Rinderhäut'
Dem braven Bräut'gam Lämmerschling
Der Scherge um die Schultern hing.
Das war die kleinste Bürde doch,
1545 Denn einen Vorzug gab man noch
Dem Bräutigam und seiner Würde.
Die andern trugen größ're Bürde.
Sein lieber Schwager schleppte mit
Drei rohe Häute Schritt für Schritt
1550 Vorm Schergen her: so war es recht
Für Schlingdasland, genannt Helmbrecht.
Sein Diebsgut trug ein jeder hin,
Das war des Richters Dienstgewinn.
Ein Anwalt wurde nicht gegeben,
1555 Und wer verlängern will ihr Leben,
Dem kürze Gott das seine.
Erkennt, wie ich es meine.
Ich weiß sonst wohl des Richters Sinn:
Ein wilder Wolf besänftigt ihn,
1560 Giebt er ihm Geld und Gut genug.
Und würgt' er alles Vieh im Pflug,
Er ließ' ihn laufen um sein Gold.

---

1) s. o. V. 1511.
2) Der Räuber muß das corpus delicti selbst zum Gericht tragen.
Vgl. V. 1552 f.

Wie selten das geschehen sollt'!
Doch dieser neune hängen hieß,[1]
1565 Dem zehnten er das Leben ließ,
(Der war als zehnter sein nach Recht)[2]
Geheißen Schlingdasland Helmbrecht.
Was da geschehen soll, geschicht,
Gott keine Schandthat übersieht
1570 Dem, der in Schuld sich hier verstrickt.
Das habt an Helmbrecht ihr erblickt,
An dem der Vater ward gerächt:
Der Scherge stach ihm schlecht und recht
Die Augen aus, doch nicht genug,
1575 Man rächt' die Mutter auch und schlug
Ihm ab die Hand und einen Fuß.
Das war der Lohn für schnöden Gruß,
Den einst er seinen Eltern bot.
So litt er Schande nun und Not.'
1580 Weil auf den Vater los er fuhr:
„Wat seggt ji da, ji lütte Bur?"
Und „dämlich Wief" die Mutter schalt,
Drum hat nun über ihn Gewalt
So bittrer Schmerz und Qual und Not,
1585 Daß ihm wohl tausendmal der Tod
Willkommener gewesen wäre
Als dieses Leben voll Unehre.
So schied nun Helmbrecht, lahm und blind,
Von seiner Schwester Gotelind
1590 Mit Herzeleid und bittrem Gram,
Als er am Kreuzweg zu ihr kam.[3]
Der blinde Räuber wankt' am Stabe
Dahin; aus Mitleid führt' ein Knabe
Ihn heim in seines Vaters Haus.

---

1) Dieser Ausfall auf die Bestechlichkeit der Richter hat hier nur Sinn, wenn der Dichter diesen Richter als eine rühmliche Ausnahme bezeichnen will, was freilich aus dem Originale nicht hervorgeht.
2) Dieses Recht ist aus dem Sachsen-, Deutschen- und Schwaben-spiegel für ganz Deutschland nachgewiesen. Er konnte diesen Mann dann gegen Lösegeld freigeben. Hier vollzieht er an ihm noch eine Strafe, die der Dichter in besondere Beziehung setzt zu Helmbrechts Sünden.
3) s. o. V. 1517.

1595 Der nahm ihn nicht, jagt' ihn hinaus
Und lindert' wenig seine Not.
Vernehmt, welch Grüßen er ihm bot:
„Dieu vous salue, mein blinder Herr,
So lernt' ich einst, s'ist lange her,
1600 Die Leute grüßen nach höf'schem Brauch,
Da ich bei Hof gedienet auch).
Geht immer hin, Herr Blindekin,
Ich weiß, ihr nahmt in Fülle hin,
Was nur ein blinder Mann begehrt.
1605 Ihr seid in Frankreich hoch geehrt.
Das ist mein Gruß für alle Blinden;
Ihr sollt hier keinen andern finden.
Was red' ich noch so lange dann?
Weiß Gott, mein blinder junger Mann,
1610 Ihr sollt zur Stund' das Haus mir räumen.
Und wollt ihr euch noch länger säumen,
So hol' ich meinen Freiknecht her,
Der soll euch schlagen kreuz und quer,
Wie ich's noch keinem Blinden bot.
1615 Verflucht wär' jeder Bissen Brot,
Den ihr verzehrtet hier bei mir.
Macht euch hinaus! Dort ist die Thür."
„Nicht doch, Herr, laßt mich nur die Nacht
Herbergen, bis ich euch gesagt,
1620 Wie mich die Leute nennen;
Wollt mich doch nur erkennen!"
Der Vater drauf: „Es ist schon spät,
Drum redet schnell, wir woll'n zu Bett.
Sucht einen andern Wirt im Land,
1625 Verschlossen ist euch meine Hand."
Bald bleich, bald rot vor Schmach und Schande
Helmbrecht da seinen Namen nannte.
„Ich bin's ja, Helmbrecht, euer Kind."
„So ist wohl gar der Bursche blind,
1630 Der sich da nannte Schlingdasland?
Euch war ja keine Furcht bekannt
Vorm Richter und der Schergen Heer,
Und wären ihrer noch viel mehr!
Hei, was ihr Eisen fraßet,

1635 Dieweil ihr auf dem Hengste saßet,
Um den ich hingab meine Rinder.
Und tappt ihr jetzt einher als Blinder,
Drob fühl' ich wenig Schmerz und Zorn.
Mich reut nur Lodenzeug und Korn,
1640 Da selber mir so schmal das Brot.
Und stürbt ihr hier den Hungertod,
Ich gäb' euch nicht ein Brosamlein.
Nun fort mit euch, Herr Ritter fein,
Und laßt euch nimmer finden
1645 Hierbei, vorn oder hinten!"
     Noch einmal sprach der Blinde:
„Ach, wenn zu eurem Kinde
Ihr auch mich nimmer haben wollt,
So thut's um Gottes Gnadensold
1650 Und laßt dem Teufel nicht den Sieg.
Laßt mich bei euch elendiglich
Als Bettler liegen vor der Schwelle.
Ich fleh' um keine andre Stelle,
Als was aus christlichem Erbarmen
1655 Den Siechen ihr gewährt und Armen.
Die Bauern alle schwuren mir
Den Tod, wie leider nun auch ihr.
So kann ich länger nicht mehr leben,
Wollt ihr mir gnädig nicht vergeben."
1660 Der Wirt hohnlachte seiner Not,
Ob auch das Herz zu brechen droht',
(Er war ja doch sein leiblich Kind)
Wie er so dastand, schwach und blind.
„Ihr rittet aus, die Welt zu plündern.¹)
1665 Nie sah man euren Hengst vermindern
Den Schritt, nur Trab ging's und Galopp.
Manch Herz erseufzte schwer darob.
Vor euch her ging des Schreckens Schauer.
So manche Frau, so mancher Bauer
1670 Sind von euch gänzlich ausgeraubt.
Nun sprecht doch, ob ihr noch nicht glaubt,

---

1) s. o. V. 355 ff. Vergleiche, wie der Vater alle Reden Helm=
brechts wieder anbringt.

Daß nun drei Träume sind erfüllt?
Noch ist das Schlimmste euch verhüllt,
Doch könnt ihr dem entrinnen kaum.
1675 Drum, eh eintrifft der vierte Traum,
Packt schleunig euch hinaus zum Thor.
Knecht, komm und schieb den Riegel vor!
Ich will nun schlafen ungestört.
Des Namen nie mein Ohr gehört,
1680 Den pfleg' ich lieber bis zum Tod,
Eh' ihr bekommt ein halbes Brot."
So hielt er vor dem blinden Mann
Erbarmungslos, was er gethan.
Voll Abscheu ließ er stehen ihn.
1685 „He, Blindenführer, führ' ihn hin,
Wo vor der Sonn' er berge sich."
Er schlug den Knaben: „Das für dich.
Gern schlüg' ich deinen Herren auch,
Doch kenn ich so viel Zucht und Brauch,
1690 Daß ich vor Scham muß zagen
Den blinden Mann zu schlagen.
Ich kann mich wohl bezwingen,
Doch kann er's leicht so weit noch bringen.
Drum macht euch fort, Landstreicher ihr,
1695 Packt euch hinaus, dort ist die Thür!
Gleichgültig ist mir eure Not."
Die Mutter steckte noch ein Brot
Ihm in die Hand wie einem Kinde.
Fort tappte da der Blinde.
1700 Wohin er kam bei seinem Wandern,
Da zeigt' ein Bauer ihn dem andern
Und schrie ihn an und seinen Knecht:
„Haha! du dieb'scher Schuft Helmbrecht,
Wärst du ein Bauer noch wie ich,
1705 Man führte nicht als Blinden dich."
Ein Jahr lang litt er solche Not,
Bis durch den Strang er fand den Tod.
Ich sag' euch nun, wie das geschah.
Ein Bauer ihn von weitem sah,
1710. Als eines Tags er durch den Wald
Hin strich um seinen Unterhalt.

Der Bauer spaltete mit andern
Sich Holz; da sah er Helmbrecht wandern,
Der eine Kuh ihm einst genommen,
1715 Die sieben Bänder schon bekommen.[1]
Gleich sprach er zu den lieben Freunden,
Daß sie zur Rachethat sich einten.
„Wahrhaftig", fiel gleich einer ein,
„In Stücke reiß' ich ihn so klein,
1720 Wie Stäubchen in dem Sonnenlicht,
Nimmt ihn vorweg ein andrer nicht.
Denn mir und meinem Weibe
Zog er hinweg vom Leibe
Das letzte Kleid, das unser war,
1725 Drum ist er mein mit Haut und Haar."
Ein dritter, der dabeistand, sagte:
„Und wenn er aus sich drei auch machte,
Ich wollt' ihn töten doch allein.
Der Schuft schlug Schloß und Thüren ein
1730 Und nahm aus Küch' und Keller frech
Mir auch den letzten Vorrat weg."
Dem vierten, der das Holz zerhieb,
Vor Wut kaum noch die Sprache blieb:
„Ich reiße gleich den Kopf ihm ab
1735 Und denke, daß ich Ursach hab'.
Mein Kind in einen Sack er stieß,
Dieweil's noch schlummerte so süß.
Mitsamt den Betten stopft' er's ein,
In dunkler Nacht blieb ich allein.
1740 Und als es schrie vor Schmerz und Weh,
Da schleudert' er's in kalten Schnee.
Da wär' es elend umgekommen,
Hätt' ich's nicht schnell ins Haus genommen."
Der fünfte sprach: „Ja, meiner Treu,
1745 Wie ich mich seines Hierseins freu'!
Wie soll mein Herz sich heute weiden
An seinen Qualen, seinen Leiden!
Er that Gewalt an meinem Kind;

---

1) Die sieben Mal gekalbt hatte. Nach dem Kalben bildet sich
jedesmal ein Streifen an den Hörnern der Kuh.

Und wär' er dreimal noch so blind,
1750 Ich hängt' ihn an den nächsten Baum.
Ich selber rettete mich kaum
Aus seinen Händen, nackt und bloß.
Ja, wär' er wie ein Haus so groß,
Ich werd' an ihm noch heut' gerochen,
1755 Nun er sich hierher hat verkrochen
In diesen tiefen, dichten Wald."
„Nur näher, kommt doch näher bald!"
So riefen sie, und bald ergoß
Sich auf Helmbrecht der ganze Troß.
1760 Indes die Schläge auf ihn sausten,
Hohnworte ihm im Ohre brausten:
„Helmbrecht, die Haube nimm in Acht!"
Was Henkershand noch nicht vollbracht
An diesem Werk voll Schmuck und Zier,
1765 Das war gar bald gethan allhier.
Ein graues Bild: auch nicht ein Stück,
Breit wie ein Pfennig, blieb zurück.
Die Sittiche und Lerchen schön,
Wie lebende fast anzusehn,
1770 Die Sperber und die Turteltauben,
Und was genäht sonst auf die Hauben,
Das lag zerstreut nun aller Orten.
Hier trieben Lockenbüschel, dorten
Das Seidenzeug und blondes Haar.
1775 Wär' sonst keins meiner Worte wahr,
Ihr könntet mir doch glauben,
Was ich erzähle von der Hauben.
Wie jämmerlich sie ward zerrissen!
Wollt ihr von einem Kahlkopf wissen?
1780 Kein kahlerer ward je gesehn.
Sein Lockenhaar, so blond und schön,
Das lag verachtet und zerstreut
Rings auf der Erde weit und breit.
Das kümmerte die Bauern nicht,
1785 Sie ließen noch den armen Wicht
Die Beichte sprechen: gleich zur Stund
Schob einer Helmbrecht in den Mund
Ein Bröckchen Erde zu Schutz und Hut

Vor Höllenfeuers heißer Glut.[1])
1790 Dann hängten sie ihn an den Baum.
Mir scheint, des Vaters vierter Traum,
Der sei hier noch erfüllt mit Graus. —
Und hier ist die Geschichte aus.
Wo eigensinn'ge Knaben trachten
1795 Der Eltern Worte zu verachten,
Die sei'n durch diese Mär' gewarnt.
Und wenn wie Helmbrecht sie umgarnt
Der Hochmut, so ist's gut und recht,
Wenn sie auch enden wie Helmbrecht.
1800 Auf Straßen, Wegen weit und breit,
Wo niemand noch in Sicherheit
Bisher gelebt, da war nun Freude,
Seit Helmbrecht hängt an luft'ger Weide.
Nun seht euch um und hütet euch:
1805 Wer gut euch rät, ob arm, ob reich,
Ob schlicht, ob weis', schenkt ihm Gehör!
Ja, sollten wohl noch solche mehr
Aus Helmbrechts Zunft am Leben sein,
Die werden auch Helmbrechtelein. —
1810 Sie gönnen euch den Frieden nicht,
Bis sie ereilt das Halsgericht.
Liest jemand euch dies Lied im Kreise,
So bittet, daß Gott Huld erweise
Ihm und dem Dichter ewiglich:
1815 Wernher der Gärtner nennt er sich.

---

1) Erde symbolisiert nach kirchlicher Anschauung, wie überhaupt
den Leib, insbesondere den Leib Christi. Darauf beruhte der Glaube,
daß Sterbende in Abwesenheit eines Priesters auch einem Laien beichten
und von diesem ein Krümchen Erde oder Gras als den Leib Christi
empfangen konnten. Waren sie allein, so beichteten sie Gott und nahmen
die Erde selbst in den Mund. Daher stammt die Redensart „ins Gras
beißen".

Halle a. S., Buchdruckerei des Waisenhauses.